Dieses Buch ist allen gewidmet,
die mit freundlichem Herzen durch ihr Leben gehen

Gerda Greschke-Begemann

Weihnachten zart-herb

Bibliografische Information der Deutschen Nationalbibliothek:
Die Deutsche Nationalbibliothek verzeichnet diese Publikation in der Deutschen Nationalbibliografie; detaillierte bibliografische Daten sind im Internet über http://dnb.dnb.de abrufbar.

© 2013 Name des Autors/Rechteinhabers Gerda Greschke-Begemann

Illustration: Dr. Peter Greschke

Bildnachweis: Abb. Seite 78 Copyright Gerhard Falk (aus „Eddi von Fürstenberg"), alle weiteren: Dr. P. Greschke

Herstellung und Verlag: BoD – Books on Demand, Norderstedt

ISBN: 978-3-7412-9664-2

Inhalt

Wenn der Mond lächelt 9

Hundeweihnacht 11

Dezembergedanken 27

Heimkehr 31

Immer wieder Hoffnung 39

Das einzigartige Geschenk 41

Es ist kalt geworden 53

Warum hat der Dackel nicht gebellt? 55

Anfang 61

Moderne Weihnachten 63

Weihnachten ist nicht mehr zeitgemäß 77

Ursulas Sorgen im Advent 79

Ruhe 89

In der Zeit schwimmen 91

Sturmwinds Orakel 101

Weihnachten zum Fürchten 103

Winter: Für und Wider... 113

Bilanz zum Jahresende 117

Schneewanderung.. 127

Weihnacht im schottischen Hochland......................129

Wenn der Mond lächelt

Am Heilig Abend hab ich den Vollmond gesehen
riesig und blass-silbern stieg er auf
über dem verschneiten Wald oben am Berg.

Als er seine Bahn nach oben zog
und ich später über weißen Feldern
am Himmel seine leuchtende Scheibe sah,
da war er schon golden.

Silbrig-weiß funkelten Sterne aus der Unendlichkeit
und mir schien, dass der Mond einen von ihnen
besonders grüßte,
und ihn bat, heute heller zu leuchten über Bethlehem
als Zeichen von Liebe und Frieden.

Über der Kiefer, die mein Haus hütet, steht nun der Mond,
lächelt freundlich hinein in mein stilles Zimmer,
wo leuchtende Kerzen flackernde Schatten zaubern.

Hundeweihnacht

Es geht wieder los. Mein Frauchen beginnt im Keller und in den Schränken zu kramen, zieht nach und nach Kartons und große Plastikkisten hervor und verteilt sie im Wohnzimmer. Mit einem Auge schaue ich mir das Ganze aus meinem Körbchen vor der warmen Heizung an. Warum tut sie das, wenn sie doch dabei jammert und zunehmend hektischer wird, weil sie glaubt, nicht rechtzeitig fertig zu werden?

Letztes Jahr hatte ich noch versucht, das ungemütliche Treiben zu verhindern, indem ich eine schrill golden glitzernde Schlange gestohlen und unter dem Bett im Schafzimmer in viele kleine Teile zerknabbert habe. Doch dabei musste ich ständig husten von den kleinen goldenen Metallstreifen und Frauchen war sehr unzufrieden, als ich die versehentlich verschluckten Reste mit meinem Abendessen auf den Wohnzimmerteppich gewürgt habe. Es hat auch nichts genützt, als ich einen Karton umgeworfen und Schachteln mit bunten Glaskugeln aufgerissen habe - ich liebe es nämlich sehr, Kartons zu zerreißen. Aber meine Chefin hat mich böse angeschrien und weggejagt. Im

Garten habe ich mich dafür gerächt und gegen eine albern leuchtende Weihnachtsmann-Figur gepinkelt.

Inzwischen weiß ich, dass mein Widerstand keinen Sinn hat und ich den Trubel einfach ertragen muss. Nicht nur mein Frauchen wird zu Anfang des Winters so verrückt – alle anderen Menschen auch. Vielleicht liegt es an der Musik, die sie dann immer hören? Sie ist nämlich ganz anders als das, was die Menschen sonst aus ihren vielen Geräten schallen lassen. Diesen Zustand nennen sie „Weihnachtszeit", und dann müssen alle Häuser und Gärten beleuchtet und mit Glitzerkram ausgestattet werden.

Aber immerhin hat dieses Getue auch gute Seiten. Köstliche Gerüche dringen aus der Küche, Frauchen zaubert Kuchen und Kekse, die ich zwischendurch gern mal fresse, oder sie bereitet Fleischgerichte vor. Das liebe ich ganz besonders, denn dabei fallen schon mal kleine Stückchen für mich ab. In dieser Zeit gibt es übrigens viele Süßigkeiten im Haus, wenn welche herunterfallen, bin ich ganz schnell da. Meistens lachen die Menschen dann nur. Alles in allem nicht so schlecht - wäre da nicht diese eine Sache, die mich so sehr betrifft.

Solange nur das Haus mit allerlei buntem Zeug vollgehängt wird, ist mir das ziemlich egal, doch leider muss selbst mein kleiner Hundekörper für den Weihnachtswahn herhalten. Denn als finale Krönung bin ich dran. Dieses Jahr werde in ein Weihnachtsmann-Kostüm gezwängt.

Doch das ist immer noch besser als letztes Jahr, wo ich als Hotdog verkleidet wurde mit zwei braunen Polstern links und rechts sowie Senf und Ketchup Streifen aus Filz auf dem Rücken! Das war so peinlich. Alle haben gelacht und sich über mich lustig gemacht. Der gemeinste Kommentar war, dass ich doch eher wie ein Frikadellen-Brötchen aussähe, weil ich so dick wäre. Das stimmt überhaupt nicht. Ich habe nur schwere Knochen und ein breites Kreuz. Ich bin eine Bulldogge, und das ist mein Rassemerkmal! Die Terrier Hündin drei Häuser weiter mag meinen breiten Brustkorb, das weiß ich genau.

Gestern hat Frauchen mir das neue Kostüm angezogen und mich ihrem Freund vorgeführt.
"Der spannt aber ganz schön, der Mantel. Vielleicht hättest du besser eine Übergröße für den Dicken

bestellen sollen?", hat der Freund gemeint.
Was kann ich dafür, wenn mein Frauchen nicht richtig einkauft! Übrigens bin ich gar nicht dick, für meine Rasse bin ich sogar absolut perfekt, finde ich.

Meine Menschen finden es besonders lustig, mich in das Kostüm zu stecken und dann über den Weihnachtsmarkt in der Stadt zu führen. Da ist es furchtbar laut und eng, überall sind kleine Holzhäuser aufgebaut, so viele, dass ich gar nicht alle beschnüffeln und daran meine Marke hinterlassen kann. Es gibt dort zwei Sorten Menschen: solche, die über mich lachen oder albern kreischen, und solche, die mich übersehen und über mich stolpern. Ich beschwere mich schon gar nicht mehr über die vielen Fußtritte, die ich dabei einstecken muss. Besonders schlimm ist es an solchen Ständen, wo in großen Mengen heißer Rotwein von den Menschen getrunken wird. „Glühwein" nennen die das, und seitdem ein menschlicher Idiot mal ein halbes Glas auf mich gegossen hat, weiß ich, dass die Bezeichnung stimmt: Es glühte höllisch durch mein Fell bis auf die Haut. Daraufhin habe ich jaulend protestiert. Frauchen hat mich auf den Arm genommen und getröstet, aber der menschliche Idiot hat sich nur bei ihr entschuldigt,

überhaupt nicht bei mir! Leider konnte ich dem Kerl nicht heimlich in die Wade kneifen, denn mein Frauchen hat ihm verziehen und sich sogar ein weiteres Glas von dem heißen Teufelszeug spendieren lassen.

Heute sind wir mit ihrem Freund unterwegs. Mindestens fünf kleine Mädchen haben schon gekreischt: „Kuck, mal, ist der nicht süüüß!"
Ich merke genau, dass meinem Frauchen diese Aufmerksamkeit gefällt. Aber ich fühle mich sehr unwohl, weil das Gummiband der blöden roten Zipfelmütze am Hals kneift und ein übler, arroganter Dobermann zu mir herüber knurrt, dass er mir die Haut abziehen möchte, mitsamt Weihnachtsmannkostüm.

Meine Menschen stehen inzwischen wieder an einer der Glühweinbuden, sie haben Bekannte getroffen und albern schon ewig mit denen herum. Mich beachten sie gar nicht. Ich bin diesen Weihnachtsmarkt so leid. Als dann noch die blonde Möpsin vom Stehtisch nebenan verächtlich schnieft, dass sie sich niemals so zum Affen ihrer Menschen machen ließe, reicht es mir. Schnell wusele ich einige Male um die Beine meines Frauchens und ihrer Bekannten und achte darauf, die Hundeleine schön fest

zu spannen. Fast wäre die Bekannte gestürzt, kann gerade noch von ihrem Mann festgehalten werden. Der Freund meines Frauchens bückt sich zu mir herunter, um die Leine zu entwirren. Ich setze mich einfach hin und stelle mich stur, also muss er mich losmachen, um die Schnur von den Frauenbeinen zu entfernen. Auf diesen Moment habe ich gewartet.

Seit mindestens einer halben Stunde schon sticht mir der Duft von Würstchen drüben vom Hotdog-Stand an der Ecke in die Nase und ich habe genau gesehen, dass ein junger Mensch fast seinen kompletten Hotdog neben den Mülleimer geworfen hat. Ich spurte also los und schnappe mir die Beute. Mein Frauchen schreit hinter mir her, doch das ist nicht klug von ihr, denn jetzt rennt ihr Freund los und will mich einfangen, stolpert aber über einen Wasserschlauch, der quer über den Marktplatz gelegt wurde. Ich sehe nur noch, wie er hinschlägt und höre ihn rufen: „Der Hund! Haltet den Hund fest!"

Diejenigen Menschen, die die Situation schnell begreifen, kommen auf mich zu, besonders gefährlich scheint mir ein großer Junge zu sein, der von der Seite her auf mich zu läuft. Ich verzichte auf einen Kampf, obwohl

ich ihm sehr gerne mein hervorragendes Gebiss beweisen würde, sondern entscheide mich zur Flucht. Auf kurzen Strecken kann ich sehr schnell sein, also rase ich wie ein Kugelblitz durch die Menschenmenge auf dem Platz, das Würstchen halte ich dabei entschlossen im Maul. Ein widerliches Gejohle und Gelächter verfolgt mich, also schlage ich einen Haken in eine dunkle Seitengasse. Zwischen zwei alten Häusern finde ich eine Lücke, wo ich mich verstecken und das Würstchen fressen kann. Hier riecht es nach feindseligen Katzen, Taubendreck und Ratten. Auf Ratten habe ich jetzt aber gar keine Lust, deshalb schüttele ich mich kräftig. Die blöde Zipfelmütze werde ich aber immer noch nicht los. Doch ich ärgere mich nicht länger darüber, sondern nutze die Gelegenheit und folge den verlockenden Gerüchen, die von der Straße am Ende der Gasse zu mir herüber wabern.

Hier gefällt es mir! Überall stehen oder sitzen Menschen an kleinen Tischen und essen alle Arten von Leckerbissen. Lässig schlendere ich zwischen ihnen herum und stelle fest, dass mein Weihnachtskostüm den Menschen sehr gefällt. Sie lachen laut, stoßen sich gegenseitig an und zeigen auf mich. Wenn ich mich

hinsetze und sie anschaue, lächeln sie und ich bekomme die Enden von Würstchen oder leckere Fleischstücke hingeworfen. Als mein größter Appetit gestillt ist, schnüffele ich an den Eingängen der hohen Häuser, hier haben meine Artgenossen ihre Marken gesetzt und ich versuche, meinen Duft darüber zu setzen. Aber es ist hoffnungslos, soviel kann selbst ich nicht pinkeln.

In einem riesigen, hell beleuchteten Eingang sitzt ein Mensch, der genauso verkleidet ist wie ich, Kinder setzen sich auf seinen Schoß und lassen sich fotografieren. Ich folge einer Frau und zwei Kindern unauffällig durch eine Glastür in das große Haus hinein und bin völlig verwirrt. Es ist laut, die Leute reden ununterbrochen, gleichzeitig schallt Weihnachtsmusik aus allen Richtungen, aber das Schlimmste ist dieser Geruch! Er ist noch viel heftiger und widerlicher als in unserem Badezimmer, wenn mein Frauchen bestimmte Flaschen oder Tuben öffnet. Es stinkt so übel, dass ich ständig niesen muss. Nachdem ich mich kräftig geschüttelt habe und dabei die alberne Weihnachtsmütze loswerden konnte, schaue ich mich um.

Vor mir sehe ich eine dieser gefährlichen Treppen, die dauernd von selber hochfahren. Wenn ich mal mit Frauchen vor so einem Ding stand, hat sie mich immer auf den Arm genommen, aber sich beklagt, dass ich zu schwer wäre. Ich laufe zur fahrenden Treppe und springe schnell die hohen Stufen hoch. Hinter mir höre ich zwei aufgeregte Männer. Ich schaue hinüber und sehe, dass die beiden die gleichen schwarzen Hosen und kurze Jacken tragen mit einer großen, gelben Schrift darauf. „Wem gehört der verflixte Köter?", schreit einer und der andere ruft: „Komm, den schnappen wir uns erst mal!"

Wenn ich nicht diesen dämlichen roten Mantel anhätte, würden sich meine Rückenhaare aufstellen und ich würde zurück knurren. Stattdessen renne ich lieber los und flüchte durch eine Art Gasse, wo auf beiden Seiten ganz viele Mäntel aufgehängt sind. Am Ende dieser Gasse sprinte ich nach rechts, dort ist ein Haufen Leute, die meisten davon sind Kinder, zwischen ihnen will ich mich verstecken. Als ich auftauche, jubeln sie und kreischen begeistert, sie bilden eine praktische Schutzmauer für mich. Dann kommen doch noch die beiden Männer an, um mich zu fangen, aber die Kinder lassen sie nicht durch.

„Geh doch mal zur Seite!", meckert einer von ihnen ungeduldig und versucht, ein Mädchen mit einem rosa Schal aus dem Weg zu schubsen. Sofort kriegt er Ärger mit einem Mann aus meiner Gruppe, er ist der Vater des kleinen Mädchens und regt sich furchtbar auf über meinen unfreundlichen Jäger. Die beiden streiten laut und ich zwänge mich schnell durch die vielen Kinderbeine hindurch, sehe eine normale Treppe in einiger Entfernung vor mir und flüchte nach unten. Am Geruch finde ich sofort den Ausgang zur Straße. Keuchend mache ich eine Pause neben dem weißbärtigen Mann im roten Mantel.

Schon wieder kommen Kinder und wollen mich anfassen, doch das ist mir jetzt zu viel, ich setze mich in Trab und laufe die Straße hinunter. Zwischen dem ganzen Lärm höre ich jetzt das Quieken einer Flöte heraus, es klingt ganz ähnlich wie die Musik, die mein Frauchen manchmal macht, deshalb halte ich an. Vor einer Hausmauer sitzt ein ziemlich armseliger Mann auf einer Decke und bläst in das Instrument, vor ihm steht eine flache Dose mit Münzen darin. Manchmal geht ein Kind hin und wirft noch ein bisschen mehr Geld hinein. Ich schnüffele an der alten Decke, sie riecht äußerst

interessant und vielfältig. Der Mann dreht nur seine Augen zu mir hinüber und spielt weiterhin seine Musik. Irgendetwas in mir wird von der traurigen Melodie angesteckt und ich kann nicht anders, ich muss mitsingen. Dazu setze ich mich artig neben den Mann auf die duftende Decke. Jetzt bleiben alle Leute stehen, die Straße ist beinahe verstopft. Sehr viele Menschen nehmen Geld aus den Taschen und werfen es in die Dose. Jemand sagt, während er einen Papierschein hineinlegt: „Hoffentlich ist das genug, damit du aufhören kannst und das Jaulen ein Ende hat!"
Der Musiker lächelt freundlich und beendet das Lied, auch ich schweige. Ich spüre genau, wie der Mann sich über das viele Geld freut, also verabschiede ich mich und lecke kurz über seine Hand.

Dann schlendere ich wieder in die Richtung des großen Platzes und versuche, dabei ganz unauffällig zu sein. Langsam gehe ich zwischen vielen Beinen über den Platz, aber mein Frauchen ist nicht mehr da! Lange suche ich und zittere, weil mich furchtbare Einsamkeit mit einem ganz elenden Gefühl überfällt. Schließlich setze ich mich erschöpft auf meine Hinterkeulen. Durst habe ich auch. Besonders schlimm vermisse ich mein

Frauchen, aber wie soll ich jetzt noch unter diesen vielen Fremden ihren Geruch finden?

Eine junge Frau kommt vorsichtig auf mich zu und hält mir eine gebratene Wurst hin. Weil ich nicht unhöflich sein will, schnuppere ich daran, obwohl ich so traurig bin. Im gleichen Moment fassen mich unerwartet zwei Männerhände von hinten und heben mich in die Luft, ich bin starr vor Entsetzen, ich hasse es, hilflos in der Luft zu hängen und halte ganz still, um nicht zu fallen.

Jetzt schwenken die Hände zur Seite, ich sehe schon wieder zwei Männer in Uniformen vor mir, aber es sind andere als vorhin. Diese hier tragen Handschuhe, sie haben Telefone und anderes Zeug am Gürtel hängen. Ich glaube sogar, eine Pistole ist dabei. Ich zittere wie Espenlaub, bin voller Todesangst, aber als einer der Männer sagt: „Und was machen wir jetzt mit dir, du Weihnachtshund?", ist seine Stimme nicht böse.
„Wir setzen ihn hinten in den Wagen, reich ihn rüber", sagt der andere.

Es geht ganz schnell, dann klappt eine Tür hinter mir zu. Vor mir ist ein enges Gitter, an den Seiten sind kalte

Wände, ich bin in einem Auto eingesperrt! Was haben die mit mir vor? Ich habe furchtbare Angst, es ist so kalt und dunkel hier.

„Ich will zu meinem Menschen zurück!", heule ich ganz laut.

Nach kurzer Zeit kommen die Männer zurück, sie fahren das Auto an eine andere Stelle des Platzes, dahin, wo der Lärm besonders schrecklich ist. Große, brüllende Kisten stehen dort neben einem großen Podest mit einem Dach aus Stoff darüber. Junge Leute tanzen mit Musikinstrumenten unter dem Dach herum und gegenüber ist eine riesige Menge Menschen versammelt. Soviel kann ich kurz feststellen, weil ich mich am Gitter aufgerichtet habe, um zu sehen, wohin ich gefahren werde. Das Auto hält hinter dem Podest, hier ist es dunkel, ich lasse es mir gefallen, dass ein Mann mich schon wieder hochnimmt – Hauptsache, raus hier!

Der Lärm aus den großen Kästen tut richtig weh in meinen Ohren, aber ich höre und rieche, dass hier noch weitere Menschen im Schatten sind. Ich verstehe nicht, was sie vorhaben, aber sie planen etwas, das spüre ich. Ich beginne zu zappeln, aber ein anderer Mann nimmt

mich und klemmt mich unter seinem Arm ein.
"Stell dich nicht so an", sagt er freundlich.

Alles ist so verwirrend, ich weiß nicht einmal, ob ich beißen soll oder nicht. Dann verstummt plötzlich die schrecklich laute Musik und grelles Licht strahlt mich an. Der Mann hebt mich ganz hoch, die Menschenmenge vor mir grölt vor Vergnügen und aus den Kisten dröhnt es über den Platz:
"Wir unterbrechen kurz für eine Suchmeldung", was mit lautem Gelächter der Menschen vor uns beantwortet wird. "Wir suchen die Besitzer dieses Weihnachtshundes. Wem gehört er?"

Dann endlich höre ich Frauchens Stimme, sie ruft nach mir und kommt nach vorne gestürmt. Ich bin selig, als der fremde Mann mich ihn ihre Arme herunterlässt. Sie drückt mich an sich und ich küsse ihre Nase, obwohl ich das sonst nicht darf. Sogar ihr Freund ist froh, dass ich wieder da bin.

Morgen Abend wird dieser Tannenbaum von der Terrasse im Wohnzimmer stehen, vollgehängt mit glitzernden Kugeln und Lichtern. Ich werde dann keine

Kugeln vom Baum herunterwedeln, sondern besonders brav neben meinem Frauchen kuscheln. Vielleicht finde ich sogar einen Platz zwischen ihr und ihrem Freund, wenn wir die Lichter am Baum betrachten.

Dezembergedanken

Es ist diese Jahreszeit
in der die Leute Mäntel kaufen
und alles, was vor Kälte schützt.

Es ist diese Jahreszeit
in der die Leute Glühwein saufen
und in Konsumpalästen alles blitzt.

Und in dieser Jahreszeit
da wird gekauft und Geld gegeben,
selbst an die Armen wird gedacht.

Es ist diese Jahreszeit
wenn plötzlich Weihnachtsmänner leben
und überall wird Licht gemacht.

Es ist diese Jahreszeit
da dürfen Kinder Wünsche haben
Musik und Lieder hört man jetzt.

Und in dieser Jahreszeit
sind tausend Sorten Schokoladen
zum Kaufen ins Regal gesetzt.

Es war in dieser Jahreszeit,
zweitausend Jahre ist das her,
da leuchtete im Orient

zu dieser Winterjahreszeit
ein unbekannter neuer Stern
vom endlos weiten Firmament.

Es war in dieser Jahreszeit
da folgten Menschen diesem hellen Licht
das stehen blieb am Stall vor einer kleinen Stadt.

Kalt war die Nacht in dieser Jahreszeit.
Im Stall dort war ein Ehepaar, das schlief noch nicht
ein Neugebor'nes lag bei ihnen, warm und satt.

Es war in dieser Jahreszeit
da schien das Bild im Stall den Menschen wie ein
Zeichen
für eine Zukunft friedlich, ohne Not.

Nicht nur zu dieser Jahreszeit
hofft man, Kriegsherren zu erweichen,
dass sie nicht wollen andrer Menschen Tod.

Und immer noch in dieser Jahreszeit
da denken viele heute an den Frieden,
an Hoffnung, Liebe und Versöhnung.

Doch trotz der gleichen Jahreszeit
berichtet man von immer neuen Kriegen.
Trotz aller Wünsche, Licht und frommen Liedern
sind Not und Ängste längst Gewöhnung.

Heimkehr

Wenn die Weihnachtszeit nahte, hofften meine Schwester und ich immer, dass wenigstens einer der Brüder zum Fest nach Hause käme. Auch unsere Mutter bangte und wünschte sich sehnlichst ihre Söhne herbei, denn seit Anfang der 1960er Jahre fuhren unsere älteren Brüder mit der Handelsmarine zur See. Ich beneidete sie sehr um diese Möglichkeit, die Welt kennen zu lernen und träumte davon, nach der Schulzeit vielleicht selber einmal als Funkerin dort mitzufahren. Aber zu jener Zeit blieb ein solcher Traum für Mädchen nur Utopie.

Umso stolzer war ich, meinen Freundinnen die Schätze zeigen zu können, die uns die Brüder immer mitbrachten, wenn sie zu kurzen Besuchen nach Hause kamen, weil ihr Schiff in Holland oder Deutschland angelegt hatte. Damals wurden die Frachtschiffe sozusagen in Handarbeit gelöscht, wie die Seeleute das Entladen nennen, und auch die Schiffsingenieure hatten dann ein paar freie Tage.

Spätestens in der Adventszeit suchte unsere Mutter in den frühen Abendstunden immer den Sender Radio

Norddeich auf unserem schlichten Kofferradio. Das war eine heikle Angelegenheit und erforderte viel Feingefühl am Einstellrädchen, doch irgendwann kam über den Seemannssender die weite Welt etwas verrauscht auch in unser Wohnzimmer. Wir hörten die Grüße vieler fremder Männer an ihre Mütter, Familien oder Freundinnen und lauschten wehmütig den Liedern zwischendrin. Einmal, als unsere Brüder gemeinsam auf dem gleichen Schiff unterwegs waren, kamen auch ihre Grüße und Weihnachtswünsche über den Äther, da rannen meiner Mutter Tränen über die Wangen und mir kroch eine Gänsehaut über den ganzen Körper.

Zwischen meinen Brüdern und der Familie herrschte darüber hinaus reger Briefverkehr, auch wenn immer ungewiss war, wann und wo die Reederei-Agenturen unsere Post zustellen bzw. abholen konnten. Von den Landgängen meiner Brüder besitze ich noch heute eine große Sammlung bunter Postkarten aus aller Welt.

Außer den unregelmäßigen Briefen oder Grüßen über den Radiosender war damals die einzig sichere Kontaktmöglichkeit, ein Telegramm über Radio Norddeich zu senden. Wenn unvermutet der

Telegrammbote an der Tür klingelte, war das bei uns meistens ein Grund zur Freude, weil sich einer der Brüder ankündigte.

Es muss 1966 gewesen sein, als sich zu Weihnachten sogar beide Brüder bei uns trafen und Geschenke aus aller Welt mitbrachten. Manfred erschien zwei Tage vor Heiligabend von einer Asienroute. Zusätzlich zu seinem Seesack mit viel schmutziger Wäsche brachte er eine Holzkiste voller frischer, ausgereifter Mandarinen aus Marokko mit. Sie waren wohl beim anschließenden Sturm in der Biskaya schon durch seine Kammer gerollt, jedenfalls mussten sie schnell aufgegessen werden und wurden jedem Gast unerbittlich und nachdrücklich von meiner Mutter angeboten.

Das Spannendste unter Manfreds Gepäcklast war jedoch ein Koffer, den er schließlich noch am Ankunftstag für uns neugierige Schwestern öffnete. Wir waren hingerissen von den Schätzen aus fernen Ländern. Da gab es eine große Menge klimpernden Silberblech-Schmucks aus Malaysia, für meine Mutter wunderschöne Seidenstoffe mit feinen blausilbernen sowie weißgelben Mustern aus Indien und für mich war die Krönung, als

mein Bruder einen ausgestopften Mungo aus Ceylon auspackte. Um den Körper des Mungos wand sich eine ebenfalls ausgestopfte Schlange, deren Genick das kleine Raubtier im Maul hatte und seine spitzen Zähne hineinschlug.

Ich muss erwähnen, dass damals, vor dem Massen-Ferntourismus, der Begriff Artenschutz bei uns noch unbekannt war. Viele Jahre stand der Mungo in einem meiner Bücherregale und ich war schon lange verheiratet, als ich mich von dem zerbröselnden Tier trennte, dessen Schwanz und Beine längst gebrochen waren.

Fünf wunderschöne Elefanten aus dunklem Hartholz – der größte war knapp vierzig cm hoch – stellte Manfred uns nur leihweise zur Verfügung. Später war dieses sehr fein gearbeitete Elefanten-Ensemble in seiner Wohnung die Hauptattraktion für alle Kinder, die zu Besuch kamen.

Als in jenem Jahr am Vormittag des Heiligen Abends dann noch ein Telegramm gebracht wurde mit der Nachricht meines ältesten Bruders Dieter, dass er

versuchen würde, rechtzeitig zuhause zu sein, erschien uns dieses Weihnachten absolut perfekt. Ich erinnere mich, dass wir ab vier Uhr nachmittags sehnlichst auf sein Klingeln warteten, aber als es sechs Uhr und er immer noch nicht eingetroffen war, meinte Manfred lakonisch, dass es dem Bruder in Hamburg auf der Reeperbahn vermutlich besser gefallen würde. Meine Mutter hatte ganz offensichtlich die gleiche Befürchtung, was an ihrem angespannten Gesicht abzulesen war, aber mein Vater fragte bloß, ob wir nun endlich anfangen könnten. Wir alle versuchten, unsere Enttäuschung zu überspielen, und zelebrierten die gewohnten Weihnachtsrituale mit der anschließenden Bescherung.

Kurz vor acht Uhr klingelte es doch noch, der fehlende Bruder war eingetroffen! Und auch er hatte einen Sack voller Geschenke dabei, wie sich nach dem Begrüßungssturm herausstellte. Die letzten Monate war sein Schiff erst in Afrika, dann in den USA, der Karibik und Südamerika unterwegs gewesen. Unsere Begeisterung war also grenzenlos, als er seine Gaben auspackte. Die Sitzkissen und Ebenholzmasken aus Afrika überließ ich gern meiner Schwester, nur eine der Trommeln aus Tansania wollte ich gerne haben.

Für den Sombrero aus Mexiko beschlossen wir, ihn erst einmal als Dekoration im gemeinsamen Zimmer aufzuhängen, -allerdings trug ich ihn später sehr erfolgreich auf einer Karnevalsfeier-, doch von dem echten Alligator-Kopf, der einen etwas groß geratenen Schlüsselanhänger darstellen sollte, war ich ungemein angetan und durfte ihn auch behalten.

Der allerschönste Moment kam, als mein Bruder eine Schachtel aus der Tasche zog und mir überreichte. Eine lebendige Wasserschildkröte aus Venezuela hatte er mir mitgebracht! Sie hatte die Schiffsreise bei ihm auf der Kammer in einer Wasserschüssel mit einem Stein darin überlebt. Sie war noch sehr klein und ich nannte sie Penny. Als nach Weihnachten die Läden wieder geöffnet waren, ließ ich mir einen Vorschuss auf mein Taschengeld geben, um Penny mit einem angemessenen Ambiente und dem dringend erforderlichen Lebendfutter zu versorgen.

Meinen Eltern schenkten die Brüder in diesem Jahr ein Telefon und kümmerten sich um den zügigen Anschluss. Diese fortschrittliche Installation ermöglichte eine viel einfachere Kommunikation und würde unserer

Mutter in Zukunft unnötige Sorgen um die Söhne ersparen, sofern diese sich brav meldeten. Mit dem Telefon war nun auch unsere Familie im zwanzigsten Jahrhundert angekommen und ich erinnere mich an dieses Weihnachtsfest mit der ganzen Familie als das schönste meiner Kindheit.

Immer wieder Hoffnung

Selbst wenn die Nächte endlos scheinen
und Sonne sich nur selten zeigt
wissen wir doch, so wird's nicht bleiben
und setzen Licht auf grünen Zweig.

In dieser Zeit da warten wir
auf Friedenswunder für die Welt.
Ein Heiland war doch schon mal hier,
der brachte Liebe uns statt Geld.

Würden die Menschen doch erkennen
dass echter Reichtum sich in Zahlen nicht bemisst,
und Börsenkurse niemals nennen,
wie wertvoll Nächstenliebe ist.

Das einzigartige Geschenk

An den Fensterscheiben zerschmolzen die nassen Schneeflocken zu Wasser und liefen traurig bis zum Rahmen, dort tropften sie auf eine Blechkante und fielen dann hinunter zur Straße. Jakob beobachtete den trostlosen Vorgang schon seit zehn Minuten. Wenn er in den grauen Himmel über der Straße schaute, zeichneten sich die schweren, dicken Flocken als dunklere Punkte gegen das Grau des Himmels ab. Jakob wunderte sich, dass weiße Schneeflocken vor dem Himmel fast schwarz erscheinen konnten und überlegte, ob die Suchmaschine des Computers eine Antwort auf diese Frage hätte. Aber erstens durfte er nicht einfach den Computer des Vaters benutzen und zweitens war es nicht so furchtbar wichtig.

Jakob langweilte sich, die Eltern waren unterwegs, um Weihnachtseinkäufe zu erledigen. Seine Schwester Anne war mit irgendwelchen Freundinnen unterwegs. Bestimmt würde sie ständig auf ihrem Smartphone herumtippen und mit den anderen Mädchen albern. Sie hatte das Handy vor drei Monaten zu ihrem fünfzehnten Geburtstag bekommen und weil es so viel Geld gekostet hatte, durfte sie nicht zusätzlich noch eine Party für ihre

Freunde geben. Aber das wollte Anne auch gar nicht, sie schämte sich für die armselige Wohnung, in der sie nun leben mussten.

Jakob hätte auch sehr gern ein Handy besessen, aber er war erst zehn Jahre alt und musste noch lange warten, bis die Eltern für sein Smartphone sparen würden. Die meisten anderen Kinder in seiner Klasse hatten zwar schon ein Handy, doch Jakob wusste längst, dass seine Eltern ihm keines kaufen konnten. Sie lebten jetzt nur noch von der staatlichen Grundsicherung, weil sein Vater bereits seit fast drei Jahren arbeitslos war.

Der Junge hatte erfahren, was das bedeutete: Zuerst hatten sie aus ihrem schönen Haus umziehen müssen in diese enge, miefige Wohnung am Ostrand der Stadt. Danach wurde immer noch jede Anschaffung und jeder Wunsch nach Dingen, die nicht zwingend notwendig waren, traurig diskutiert. Es war einfach nicht mehr genügend Geld da zum Einkaufen. Die anderen Kinder besaßen die neusten Spielkonsolen oder sogar eigene Laptops, Jakob jedoch musste mit dem uralten Gerät vom Flohmarkt zufrieden sein, wenn er Lust auf Computerspiele hatte.

Am meisten vermisste er den Garten. Dort gab es eine Schaukel, auf der er glücklich gewesen war. Stundenlang hatte er dort gesessen, sich wiegen und schwingen lassen und hatte zugeschaut, wie sich die Blätter der Bäume über ihm und die Blumen in den Rabatten neben ihm zu bewegen schienen, ihre Formen und Farben mit der Richtung und Geschwindigkeit seines Schaukelns veränderten.

„Ob die Eltern wenigstens einen Weihnachtsbaum kaufen können in diesem Jahr?", überlegte er.

Nur noch zwei Wochen waren es bis zum Heiligen Abend. Seinen Wunschzettel hatte Jakob schon abgegeben, er hatte sich Schuhe gewünscht, die wenigstens so aussahen wir Markenschuhe, eine modische Jacke und ein Tablet. In Klammern hatte er hinter das Tablet geschrieben „Geht ja doch nicht!"

Insgeheim hoffte er, dass wenigstens ein neueres Gameboy-Modell möglich wäre. Unten auf den Zettel hatte er noch eine Schaukel auf grünem Gras gemalt. Dazu musste er nichts sagen, seine Eltern wussten, wie sehr er seine alte Schaukel vermisste und Jakob wusste selber auch, dass in diesem grauen Mehrfamilienhaus

keine Schaukel möglich war. Der kleine, triste Hof hinter dem Haus war finster und nur über den Keller zu erreichen. Dort hatten sich ausgemusterte Mülltonnen, vergammelter Sperrmüll und uralte Fahrräder über viele Jahre angesammelt und ließen keinen Platz zum Spielen.

Zwei Straßen weiter unten gab es zwar einen Spielplatz mit Schaukel, aber die war ständig von den größeren Kindern besetzt, die dort mit ihren Smartphones spielten und laut herumalberten. Sie ließen Jakob nicht auf die Schaukel.

Der Junge bemerkte, dass jetzt nur noch Regen vom Himmel fiel, die interessanten Schneeflocken waren verschwunden. Es war ja auch erst Mitte Dezember, Schnee gab es zu Weihnachten doch sowieso nicht. Aber er wünschte sich weißen Schnee herbei.

Durch das Fensterglas beobachtete er jetzt, wie sich eine junge Frau mit einem buntem Schal über dem dunklen Mantel zu ihrem Kind im Kinderwagen herunterbeugte und den Regenschutz fest stopfte. Weiter vorn in Richtung der Bushaltestelle hockte ein

Mann in dicken, alten Jacken auf einer schmutzigen Decke, die über das nasse Pflaster gelegt war. Er hielt ein Pappschild in der Hand und hatte eine Dose vor sich stehen. Jakob verzog unzufrieden den Mund und schüttelte den Kopf. In dieser armseligen Gegend hatte doch niemand genug Geld, um dem Bettler etwas abzugeben.

Über die Kreuzung am Ende der Straße fuhr jetzt der Linienbus und kurz darauf sah er seine Eltern in die Straße einbiegen. Die Mama hatte ihren Kopf tief in die Kapuze ihrer Jacke gezogen und hielt das Gesicht zu Boden gesenkt. Sie trug zwei prallvolle Plastiktaschen, während der Vater sich mit einem großen, unförmigen Paket abmühte. Jakob ging in die Küche, füllte Wasser in die Kaffeemaschine, setze den Papierfilter mit Kaffee hinein und knipste den Schalter an. Als er den Schlüssel in der Wohnungstür hörte, ging er seinen Eltern durch den engen Korridor entgegen.

„Wo ist denn Papa?", wollte er wissen, als nur die Mutter eintrat.
„Papa kommt gleich, er bringt nur erst dem alten Herrn Janowski die Sachen in den Keller, die wir für ihn besorgt

haben."

Jakob ließ sich nicht anmerken, dass er enttäuscht war. Das Paket hatte ihn nämlich ziemlich neugierig gemacht, doch nun stellte sich heraus, dass es nur eine Besorgung für Opa Janowski war.

Das trübe, nasse Wetter hielt sich in diesem Dezember bis kurz vor Heiligabend. Am letzten Schultag vor den Weihnachtsferien klarte es auf und in der Nacht fielen die Temperaturen auf Frostgrade. Abends half Jakob seiner Mutter beim Verzieren der selbstgebackenen, einfachen Plätzchen. Sorgfältig zog er die Kekse durch die heiße Schokoladenglasur und passte auf, die Nüsse und Zuckerperlen rechtzeitig darauf zu setzen, bevor die Schokolade ganz fest war.

Seine Schwester Anne hockte nur in ihrem Zimmer und meckerte ihn an, wenn er mal an die Tür klopfte, weil er sie etwas fragen wollte. Seit dem Umzug war Anne zuhause ständig schlecht gelaunt, sie ärgerte sich, dass ihr Zimmer vollgestellt war mit Schränken und Kartons aus dem alten Haus, für die in der Wohnung sonst kein Platz war. Sie schämte sich dafür und lud niemals eine Freundin nachhause ein. Der Kleiderschrank

der Eltern war jedoch in Jakobs kleines Zimmer gezwängt worden, denn im Wohnzimmer wollte Mama den Schrank nicht haben, auch wenn sie mit Papa dort schlafen musste. Papa war in letzter Zeit übrigens öfter im Keller als in der Wohnung, um Opa Janowski zu helfen, eine neue Kommode zu tischlern.

Am Vormittag des Heiligen Abend half Jakob dem Vater, einen mittelkleinen Tannenbaum aufzustellen und war froh, dass es überhaupt einen Weihnachtsbaum in diesem Jahr gab. Danach schmückten Mama und Anne den Baum, einige glitzernde Vögel durfte Jakob auf den Zweigen verteilen. Später saß er in seinem Zimmer und wartete auf die Bescherung. Er freute sich, weil draußen einige Schneeflocken fielen. So, wie jedes Jahr eilte die Mama noch herum, verpackte Geschenke, räumte auf, füllte den süßen Teller und stellte Kartoffelsalat und Würstchen für den Abend in der Küche bereit.

Um halb sechs hörte Jakob „Oh, du fröhliche ..." vom CD-Player aus dem Wohnzimmer. Dies war das ersehnte Zeichen, dass sich die Familie nun zur Bescherung versammelte. Durch die offene Wohnzimmertür sah

Jakob den Baum festlich glänzen und für einen Moment wirkte der alte Weihnachtszauber aus Kerzenschein, Musik und den hübsch verpackten Geschenken unter dem duftenden Tannenbaum. Alle nahmen sich nacheinander in den Arm, wünschten sich frohe Weihnachten und die Eltern nippten an ihren Weingläsern, die im Kerzenlicht elegant funkelten.

Nachdem Jakob seine kleinen Gaben verteilt hatte, suchte er seine eigenen Geschenke. Die gewünschten Schuhe fand er bald, aber einen neuen Gameboy konnte er nicht entdecken. Plötzlich stand sein Vater hinter ihm und legte den Arm um seine Schultern.
„Ich habe da noch etwas für dich – aber es ist zu groß für dieses Zimmer. Komm mit, ich zeige es dir."

Jakob folgte seinem Vater verwundert zur Wohnungstür und die Treppen hinunter in den Keller, Anne und die Mutter folgten ihnen. Anstatt die Brettertür zu ihrem Kellerraum aufzuschließen, wandte sich der Vater nach links und öffnete die Tür zu der alten Waschküche, die schon lange von niemandem mehr benutzt wurde. Und da stand sie: Jakobs Schaukel! Ein knallrotes Sitzbrett war mit Seilen an einer Stange oben

am hohen Gestell aufgehängt, dessen beide Seiten sich wie ein steiles Dach nach unten auseinander spreizten. Jakob setzte sich langsam auf das Brett und begann zu schwingen, dabei strahlte er seine Eltern an.
„Danke, Papa, danke!"

Selbst Anna schaute zufrieden aus. Der Vater erklärte stolz, dass diese Schaukel zusammengeklappt und transportiert werden könnte, sogar in den Hof oder in sein Zimmer hinauf.
„Du weißt ja, dass wir keine großen Löcher in die Wände bohren dürfen. Es ist nicht unser Haus ..." setze er hinzu und zeigte seinem Sohn, wie sich die Schaukel zusammenklappen ließ. Jakob begriff den Transport-Mechanismus schnell, er sprang auf und fiel zuerst dem Vater und danach der Mama und sogar Anne um den Hals.
„Darf ich jetzt richtig lange schaukeln? Ihr könnt auch ruhig hochgehen, ich komme bald nach."

Als Jakobs Mutter nach einer halben Stunde leise die Tür zur Waschküche öffnete, schaukelte Jakob immer noch. Er hielt die Augen geschlossen und lächelte selig, denn er befand sich in einem wunderschönen Garten. Mit

der Bewegung seiner Schaukel wechselten über ihm das Grün des Baumes und die Farben der Blumen in den Beeten neben ihm.

Es ist kalt geworden

Als ich spät am Morgen aufgewacht,
hat frischer Schnee draußen helles Licht entfacht.
Die Winterwelt sieht neu und sauber aus
und Meisen fliegen hin zum Futterhaus.
Verzaubert ist der ganze Garten
Als wollt' auch er aufs Christkind warten.

Der Schnee von gestern tropft vom Dach nicht mehr,
kristallne Zacken sind gewachsen, dick und schwer,
sie ziehen funkelnde Girlandenketten rings umher.
In weißer Schönheit lockt der winterliche Garten,
macht mich bereit, das Weihnachtswunder zu erwarten.
Den Freunden schick ich Grüße auf verzierten Karten.

Warum hat der Dackel nicht gebellt?

Mein größter Weihnachtsstress war damals immer die Ungewissheit, ob mein Mann rechtzeitig zu Weihnachten nachhause kommen würde, denn er war beruflich viel unterwegs. In diesem Jahr kam er wieder erst sehr knapp spät abends am 23. Dezember heim. Er hatte angekündigt, seinen besten Freund aus Köln mitzubringen. Damit war ich sehr einverstanden, denn Klaus war ein intelligenter, angenehmer Gast, der zu jener Zeit keine eigene Familie hatte.

Am Heiligen Abend verzichtete ich ganz großzügig auf alle meine emanzipatorischen Ansprüche und übernahm klaglos sämtliche hausfraulichen Tätigkeiten inklusive Baumschmücken, während mein Mann, Klaus und unsere beiden Kinder die letzten Besorgungen erledigten und nachmittags ins Kino gingen.

Den Baum hatten die Männer mir morgens schon in den Ständer gesetzt und freiwillig den kompletten Weihnachtsschmuck aus dem Keller geholt. Das

Schmücken des Baumes erfordert bei mir immer viel Zeit und anschließend mache ich eine Zigarettenpause, bei der ich kritisch den Baum betrachte und letzte Verbesserungen vornehme, indem ich die Position einzelner Kugeln millimeterweise perfektioniere.

Ich war mit dem Hund allein im Haus, alles war still. Oder doch nicht? Ich hätte schwören können, dass ich unten aus dem Keller die Toilettentür und auch die Abwasserpumpe gehört hatte.
„Waldemar, was ist da? Lauf, such!", forderte ich meinen Dackelmischling auf, doch der schaute mich nur verständnislos an und wollte seinen Platz auf dem Sofa nicht aufgeben.

Als die anderen kurz darauf nach Hause kamen, vergaß ich die beunruhigenden Geräusche aus dem Keller. Nach der Bescherung war es Zeit für die Feuerzangenbowle, doch die Tropfzange für den Zuckerhut fehlte.
„Bestimmt ist die noch unten im Regal im Gästezimmer, ich weiß, wo sie liegt."
Damit machte ich mich auf den Weg zur Treppe. Noch bevor ich den Schalter für den Kellerflur betätigen

konnte, merkte ich, dass im Notfall-Gästezimmer Licht brannte, die Tür dort war nur angelehnt. Sofort erinnerte ich mich an die Geräusche, die ich am späten Nachmittag gehört hatte, doch mit dem festen Vorsatz, im Ernstfall laut nach meinem Mann zu schreien, überwand ich meine Feigheit und betrat den Raum.

Ein ziemlich alter Mann in ziemlich alten Klamotten saß auf dem Bett und schaute mich unsicher an. Ein schmuddeliger Lodenmantel hing über der Stuhllehne, ein Buch lag aufgeschlagen auf dem Tisch vor dem Mann. Ich war sprachlos, doch ich hörte bereits die Verstärkung meiner Familie an der Tür zum Keller.

„Das ist Friedrich, wir haben ihn gestern Abend schon mitgebracht. Du weißt doch, der Obdachlose, den ich freitags abends immer in Bielefeld am Bahnhof treffe!" So stellte mein Mann mir den Überraschungsgast vor. Erzählt hatte er mir tatsächlich schon oft von ihm.
„Wohnst du jetzt hier?" wollte unser Fünfjähriger sofort wissen.
Mir tat der Mann leid, er wirkte so überrumpelt und aufgeschreckt. Zwar ließ er sich überreden, auf ein Glas Feuerzangenbowle mit nach oben zu kommen, war

jedoch schweigsam und half lediglich unserem Sohn beim Zusammenbau eines Baggers.

Mein Mann erklärte mir später, dass Friedrich sich weigern würde, die Gemeinschaftsunterkünfte für Obdachlose aufzusuchen, darum habe er ihm wenigstens zu Weihnachten ein warmes Bett bei uns bieten wollen. „Du hättest doch nur wieder unnötigen Aufwand betrieben, wenn ich es dir gesagt hätte. Und Friedrich wollte bloß in Ruhe ausschlafen."

Ich war einigermaßen beleidigt nach dieser Begründung, doch irgendwie dürfte mein Mann Recht gehabt haben. Als ich Friedrich am Weihnachtstag zum Frühstück holen wollte, war er bereits gegangen. Auch dieses Mal hat der Dackel nicht gebellt. Komisches Tier.

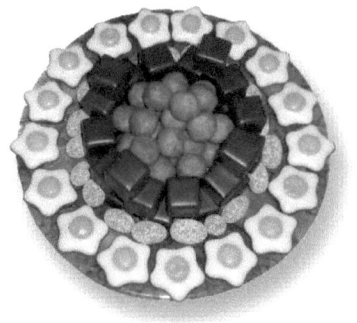

Anfang

Die längste Nacht des Jahres ist vorbei,
der Erdball wird zum Licht sich wieder neigen.
Aufwärts wird es gehen, Hoffnung wird sich zeigen,
dass niemand mehr in Schwermut sei.

Wir setzen Licht zur Weihnacht in das Dunkel,
erhoffen Liebe für die ganze Welt.
Den Heiland preisen wir als Friedensheld,
begrüßen ihn mit festlichem Gefunkel.

In viele Häuser kehrt nun Freude ein.
Man gibt sich Liebe und Geschenke,
wünscht, dass ein gutes Schicksal lenke
die Wege in ein friedliches Dasein.

Moderne Weihnachten

Im Comfort-Modus schoss der Oberklassewagen für den Fahrer fast geräuschlos über die nahezu leere Autobahn. Die Winterlandschaft links und rechts wurde vom Fernlicht angestrahlt. Wenn gelegentlich ein anderes Fahrzeug entgegen kam oder ein vorausfahrendes überholt wurde, aber auch wenn der Wagen selbst überholt wurde, regelte die Automatik des Fahrzeugs, welcher Bereich ausgeleuchtet wurde und welcher nicht. Dann versanken einzelne Teile der Landschaft im Dunkel. Der junge Mann konnte sich darauf verlassen, dass andere Verkehrsteilnehmer nicht geblendet wurden und beobachtete gedankenverloren das Lichtspiel. Eine schwarz weiße Welt mit wenigen hellen oder roten Lichtern flog an ihm vorbei.

Vor zwei Stunden war er mit dem letzten Flug dieses Tages aus Beijing angekommen. Das Projekt vor Ort verlief unerwartet glatt, alle Meilensteine waren erreicht und auch wenn der Kunde es nicht wusste, lagen sie schon eine Woche vor dem Zeitplan. Sein Projektteam hatte er bereits vor drei Tagen in die Weihnachtspause geschickt. Lange war er versucht gewesen, sich dem Weihnachtsfest

in Europa dieses Jahr völlig zu entziehen, doch dann hatte er sich durchgerungen, den Flug zurück nach Deutschland zu buchen. Er würde sich dort ebenfalls eine kleine Weihnachtspause zugestehen.

Vor ihm im Scheinwerferlicht rollte sich aus der Dunkelheit eine weiße Landschaft aus. Trotz des verschneiten Winterlandes war die Autobahn sauber geräumt und die Fahrbahnmarkierungen waren deutlich zu erkennen. Die Spurhalteautomatik arbeitete optimal und der Wagen glitt nahezu autonom über die Straße, folgte zuverlässig jeder Kurve, passte die Geschwindigkeit den jeweils geltenden Begrenzungen an und würde auch den Abstand zu vorausfahrenden Fahrzeugen halten, wenn die Autobahn nicht so leer wäre. Daher konnte er es sich erlauben, beim Überqueren einer Talbrücke seinen Blick nur dem Tal unter sich zu widmen.

Dort unten lag ein winziges, eingeschneites Dorf. Hell waren alle Häuser erleuchtet. Bunter Lichterschmuck war zu erkennen und ließ etwas von dem Fest erahnen, das heute Abend begann. Er fragte sich, ob in den Häusern schon die Bescherung stattfand und welche

Menschen hier zusammenkamen. Wie es sich wohl in einem eingeschneiten Dorf anfühlte, Weihnachten zu feiern?

Am Ende der Brücke nahmen ihm Bäume die Sicht auf das Dorf. Einen kurzen Moment verweilte sein Blick müde in der Dunkelheit, bis ihn zwei leichte Bodenwellen wachrüttelten. Vor ihm lag nur Dunkelheit, gegen die der Wagen anfuhr. Das Head-Up-Display zeichnete einen unwirklichen Kontrast in sein Sichtfeld. Gedankenverloren registrierte er auf der Anzeige, dass die Anzahl der noch zu fahrenden Kilometer in diesem Moment unter einhundert fiel.

Nach dem Trubel und der Enge, in der jede chinesische Großstadt zu ersticken scheint, empfand er die Ruhe und Leere um ihn herum als entlastend. Er dachte an Lian, die hübsche Sales-Managerin eines großen amerikanischen Technologieunternehmens, die er vor drei Tagen am Rande eines Projektmeetings im Hotel kennen gelernt hatte. Sie übernahm die Vertretung ihres Konzerns im chinesischen Markt. Obwohl sie eine Einheimische war, hatte sie dennoch

ähnlich verloren gewirkt wie er selber in der kühlen Hotelbar inmitten der quirligen Stadt.

Das Auto bremste nun konstant ab dank der Schilder-Erkennung des Systems und reduzierte die Geschwindigkeit bis auf die vorgeschriebenen 60km/h für die Einfahrt in eine Baustelle vor ihm. Die zuvor nur vorbeifliegenden Schatten am Straßenrand wandelten sich mit abnehmendem Tempo in schneebedeckte Fichten. Mit einem Klingelton forderte der Bordcomputer ihn jetzt auf, wieder das Steuer vollständig zu übernehmen. Die vielen Reflektoren der Baustelle blendeten ihn sehr unangenehm.

Die chinesische Version des Weihnachtsfestes hatte sich ihm als ebenso grell blinkend gezeigt, dort liebte man es strahlend bunt und sehr kitschig. Bei jedem Weg mit dem Taxi durch die Stadt leuchteten ihm allzu viele Plastikweihnachtsmänner entgegen und die elektronische Musik klang schrill.

Im Hotel allerdings waren die Einflüsse des Weihnachtsfestes auf das Foyer begrenzt und lediglich in diskreter Form eines künstlichen dunkelblauen

Weihnachtsbaumes mit vereinzelten Streifen weinroten Lamettas präsent. Dieser Baum folgte so perfekt der Absicht, maximal ins Hoteldesign integriert zu werden, dass man ihn fast nicht wahrnahm. Gemeinsam mit Lian hatte er sich über diese stylisch reduzierte Hoteldekoration lustig gemacht.

Vielleicht war die Erinnerung an seine Begegnung mit Lian der Grund, dass er bei der Abfahrt vom Flughafen die Ambiente-Beleuchtung des Wagens auf Dunkelblau eingestellt hatte. Dadurch wirkte es im Auto immer noch ein bisschen kühl, während draußen die warmen Lichter der Stadt, in die er inzwischen hineinfuhr, überhandnahmen. Je tiefer er in die Stadt eintauchte, desto weniger Schnee war noch zu sehen. Es schien, als würden die zunehmenden Lichter der Stadt den Schnee fern halten oder weggetaut haben. Das Navigationsgerät lotste ihn fehlerfrei durch die aufragenden Häuserschluchten. Als er in die Tiefgarage einfuhr, war nirgends auch nur ein weißer Schneefleck zu sehen.

Nach der gemeinsamen Nacht hatte er Lian schon bald wieder am Frühstückstisch im Hotel getroffen. Dass

sie genauso interessiert war wie er, die knappe Zeit miteinander zu verbringen und sich gegenseitig kennen zu lernen, freute ihn, auch wenn er aus Erfahrung wusste, dass es bei solch spontanen Beziehungen immer ungewiss war, ob man sich überhaupt noch einmal wiedersehen würde. Termine, kurzfristig anberaumte Sitzungen, das alltägliche Projektgeschäft und dringende Dienstreisen schienen einen wie die Strömungen wilder Flüsse voneinander weg zu treiben, bis man sich schließlich auf der anderen Seite des Globus befand und dem anderen nie wieder begegnen würde.

Mit leichtem Lächeln beobachtete er Lian, wie sie hektisch auf dem Smartphone wischte bei der Suche nach einem Zeitfenster für ein wenig Gemeinsamkeit. Beide glichen sie noch am Frühstückstisch mit Handy und Tablet ihre jeweiligen Terminpläne ab. Jeder führte auf, welche Termine und Ereignisse des heutigen Arbeitsplanes ein erneutes Wiedersehen verhindern oder befürworten könnten. In seiner typisch analytischen Art stellte er fest, dass fünf mögliche Konstellationen gegen und nur zwei für ein Wiedersehen sprachen.

In der Tiefgarage blieb der Wagen neben seinem Parkplatz stehen. Er ließ den Motor laufen, als er ausstieg und sein Sakko anzog, das während der Fahrt auf der Rücksitzbank gelegen hatte. Der Kofferraum öffnete und schloss automatisch, so musste er sich seine Hände nicht schmutzig machen, um den kleinen schwarzen Koffer heraus zu heben. In der Tasche des Jacketts tastete er nach seinen Smartphones. Aus reiner Routine prüfte er die Position des DAX. Unverändert. Klar, über die Feiertage setzte der Handel aus.

In China waren die Weihnachtsfeiertage normale Arbeitstage. Als Lian hörte, dass er nun ein paar freie Tage hatte, versuchte sie ihn zu überreden, im Land zu bleiben. Entgegen seiner Prognose hatten sie sich doch noch am nächsten Abend im Hotel wieder gefunden. Ziellos waren sie in die chinesische Metropole aufgebrochen. Die Terminkalender waren gnädig geblieben und erlaubten etwas Freizeit. Er war fasziniert von ihrer impulsiven Art, aber besonders beeindruckten ihn ihre Augen. Wenn sie ihren Kopf leicht schräg hielt und ihn anschaute, hatte er das Gefühl, sie könnte ihm direkt in die Seele schauen. Diesem tiefen Blick konnte er kaum etwas entgegen setzen.

Ihre Geschichten ähnelten sich sehr. Nach einer guten Ausbildung, größtenteils im Ausland, waren sie im Auftrag ihrer Arbeitgeber solange von Projekt zu Projekt um die Welt gereist, bis sie sich fast als Fremde im eigenen Heimatland fühlten. Sie verstand nicht, warum er unbedingt über Weihnachten nach Hause wollte.

Die Laptoptasche hatte ihren Stammplatz auf dem Rollkoffer gefunden und beide Gepäckstücke standen wie üblich neben ihm, während er das automatische Einparken des Wagens in die vorgesehene Parklücke überwachte. Allerdings galt seine Aufmerksamkeit nicht wirklich dem Rangierverhalten des Fahrzeuges, sondern den neuen Nachrichten, die er seit seiner Ankunft in Deutschland erhalten hatte. Aber es gab für ihn keinen großen Handlungsbedarf, der Konzern hatte die meisten Aktivitäten heruntergefahren. Während des Fluges hatte er genügend Zeit gehabt, alle offenen Nachrichten zu beantworten, Termine zu vereinbaren und Informationen anzufordern.

Nach der Ankunft hatte er sich zielstrebig und routiniert durch den Flughafen bewegt, es war kaum

noch Betrieb gewesen. Aber auch bei Hochbetrieb ärgerte er sich schon lange nicht mehr über andere Reisende und Touristen, die orientierungslos im Weg standen, sich aufgeregt durch Menschenmengen drängelten oder es trotz unzähliger Hinweisschilder nicht schafften, rechtzeitig die Security zu passieren. Einen sinnvollen Anschlussflug gab es für ihn nicht mehr, er würde mit dem Auto nach Hause fahren.

An diesem Tag war kaum etwas los am Flughafen, die wenigen Reisenden schienen Nachzügler zu sein, die versuchten, noch pünktlich zu einem Weihnachtsfest zu kommen. In der Schlange vor der Passkontrolle befanden sich außer ihm lediglich drei weitere Reisende in Businesskleidung, sie wurden umringt von bunten Pullovern, die gefüllt waren mit anderen ungeduldigen Menschen. An der Gepäckausgabe überholte er die Mitreisenden, da er, wie immer, nur mit Handgepäck unterwegs war.

Als sich die Schiebetür zur Ankunftshalle für ihn öffnete, stand er einer überraschend großen Menschenmenge gegenüber, die auf ihre Angehörigen warteten. Er mochte diesen Moment nicht, wenn er die

ungewollte Aufmerksamkeit dutzender Wartender auf sich gerichtet wusste. Im Vorbeigehen überflog er die Szenerie aus dem Augenwinkel. Alte und junge Menschen, Kinder und sogar ein Hund lauerten darauf, dass sich die Schiebetür wieder öffnen würde. Er fragte sich, wer von den hier Versammelten welchen Passagier aus der Maschine begrüßen würde. Wie diese Fremden wohl das Fest feierten? Als er darauf wartete, dass sein Auto vorgefahren wurde, betrachtete er die riesige Werbetafel neben sich. Der Monitor warb für ein Parfüm und zeigte das Bild einer Frau mit langen schwarzen Haaren. Ein letzter Gedanke an Lian schoss ihm durch den Kopf und er fühlte ein leichtes Bedauern, dass er sie wohl niemals wiedersehen würde.

Sein Auto quittierte die endgültige Parkposition noch einmal mit den Scheinwerfern, bevor es in einen scheinbaren Schlaf fiel und neben den anderen Luxuswagen nicht mehr herausstach. Erst jetzt bemerkte er, dass die Tiefgarage heute sehr voll war. Auf dem Weg im Fahrstuhl nach oben fiel ihm ein, dass er schon seit über zwei Monaten nicht mehr zuhause gewesen war. Zwar war er mehrmals um die Welt geflogen, hatte in

unzähligen Hotels gewohnt, aber nach Hause hatte sein Weg ihn nicht geführt.

Es hatte auch niemand auf ihn gewartet. Dennoch wusste er, dass die Wohnung in einem perfekten Zustand war. Hierfür sorgten Saug- und Wischroboter, die regelmäßig ihre Kreise zogen, auch wenn sie lange die einzigen Bewohner der über 100 Quadratmeter großen Wohnung waren. Nur selten kam noch eine menschliche Reinigungskraft für alle anderen Flächen hinzu.

Mit dem Smartphone entriegelte er das Türschloss. Die Wohnung war angenehm warm, denn schon vor einer Stunde hatte die Hausautomation die Heizungssteuerung auf sein baldiges Eintreffen vorbereitet. Nun wurde das Alarmsystem deaktiviert und die Lichtsteuerung begrüßte ihn mit gedämpften Gelb- und Orangetönen. Die Musikanlage begann, leise Musik zu spielen. Noch bevor er die Tür hinter sich schloss, wählte er mit seinem Smartphone eine weihnachtliche Vorlage für die Hausautomation und verwandelte damit die Beleuchtung in Rot- und Grüntöne. Die Musikanlage begann dazu „In dulci jubilo" abzuspielen, was er jedoch als zu viel des Guten empfand und daher

bei seinem Weg in den Wohnbereich auf Instrumentalmusik wechselte.

Der großzügige Wohnraum verlief über zwei Fensterfronten und war avantgardistisch modern in einheitlichem Design aus Holz und Metall ausgestattet. Die Laptoptasche fand ihren gewohnten Platz auf dem Schreibtisch. Die Sitzmöbel waren passend zum Smart-TV ausgerichtet, der das Bild eines brennenden Kamins zeigte. Das Knistern von glimmenden Holzscheiten setzte Kontraste in die untermalende Musik.

Die Küche war zum Wohnbereich hin offen, mit modernsten Elektronikgeräten ausgestattet, aber weitestgehend unbenutzt. Einen Blick in den Kühlschrank brauchte er nicht zu werfen, er wusste, dass der Lieferservice noch am selben Tag den vordefinierten Inhalt aufgefüllt hatte. Er nahm sich eine Flasche Weißwein aus dem temperierten Weinschrank, füllte sich ein Glas und ging damit zur Fensterfront hinüber.

Vom zehnten Stock hatte er eine beeindruckende Sicht auf die Lichter der Stadt. Nachdenklich schaute er auf seine Universitätsstadt hinab, dann zog ein kleines

Lächeln über sein Gesicht, weil es zu schneien begann. Doch schon bald schoben sich wieder die Gedanken an seine Arbeit in den Vordergrund.

Weihnachten ist nicht mehr zeitgemäß

Man hat mir erzählt, in der Weihnachtszeit
würde es friedlich und fröhlich für alle Leut.
Doch fröhlich ist's nur an den Glühweinständen,
im Nahen Osten wird sich nichts zum Bess'ren wenden.

Wurde in der Gegend nicht mal ein Jesus geboren?
Angeblich als Friedensfürst auserkoren?
Das ist lange her - falls es überhaupt stimmt.
Gestern hat das Parlament für Krieg abgestimmt.

Also hat man uns auch dies Jahr wieder belogen
und die Bomber sind längst losgeflogen.
Es wird auch diesmal nichts mit Frieden zu Weihnacht.
Bestimmt wird das Fest bald abgeschafft.

Ursulas Sorgen im Advent

Ursula war diese Nacht mit ihren Jüngsten unterwegs, den Zwillingen Urs und Uschi. Sie wollte den Kindern Bewegung verschaffen, weil die beiden noch aufgeregt und zappelig waren, denn sie hatten heute den Alten kennen gelernt, ihren Vater. Er hatte so plötzlich groß und bärenhaft vor ihnen gestanden, dass die Kinder ganz erschrocken waren.

Auch Ursula war sehr überrascht gewesen, dass der Alte schon zu dieser Zeit des Jahres zu ihr gekommen war und nicht wie sonst erst Ende Januar. Besonders ungewöhnlich war, dass der Alte mit seinen Jüngsten gesprochen hatte. Sogar die Geschichte der Ahnen hatte er ihnen erzählt.

Er kannte noch die überlieferten Erinnerungen an die Verschleppung seiner Vorfahren aus dem weiten Land hinter dem großen Meer. Dort waren die Winter besonders kalt und dauerten sehr lange in den riesigen Wäldern, wo ihre Familien wohnten. Und von dort stammte die Tradition ihrer silbernen Pelzmäntel, die sie seit unzähligen Generationen mit schwarzen

Ringelstreifen am hinteren Ende trugen, weil eine Ur-Ur-Ur-Großmutter sehr eitel gewesen war und vornehmer aussehen wollte als die anderen Bewohner des Landes. Diese originelle Ur-Ahnin hatte es auch mit ihrem Makeup etwas übertrieben und um die Augen herum so viel Schwarz aufgetragen, dass eine maskenartige große Brille entstanden war im weißen Gesicht. Weil diese Ahnin aber nicht nur eitel, sondern auch besonders klug gewesen war, hatten die Nachfahren zu ihren Ehren diese Färbung beibehalten und daher wirken die blanken Augen ihrer Sippe noch heute besonders neugierig und groß über der dunklen Nasenspitze.

Der Alte hatte erzählt, dass ihre Familien schon vor vielen Generationen in dieses Land gekommen waren. In vieler Hinsicht ließ es sich hier leichter leben als in der alten Heimat mit den schrecklich langen und sehr eisigen Wintern, wo es viel schwieriger war, satt zu werden und wo sie gejagt oder vertrieben wurden, wenn sie sich den Häusern der Menschen näherten.

Zwar war es hier im neuen Land weniger anstrengend, die Kinder groß zu ziehen, doch sie blieben

Fremde und wurden von den Alteingesessenen nicht akzeptiert. Für ihre Sippe gab es noch keinen Platz in der bestehenden Gesellschaftsordnung. Sie wurden misstrauisch beäugt, weil sie eigene Bräuche pflegten, die den Einwohnern unbekannt waren.

Es war sonderbar: obwohl diese Einheimischen selbst viele Wandel erlebt und ihre Wohnformen ebenfalls schon sehr verändert hatten, mochten sie die Eigenheiten der Zugezogenen nicht. Die Sitten und Gebräuche der Neuen schadeten zwar niemandem und beeinträchtigten die länger Ansässigen nicht, doch denen war alles Fremde unbehaglich, seien es auch nur die harmlosen anderen Essmanieren der Einwanderer. Die wuschen sich beim Essen häufig rituell die Hände, so etwas kannten die Einheimischen nicht.

Wahrscheinlich waren einige auch neidisch, weil die Einwanderer so attraktiv aussahen mit ihren modischen Pelzen und den großen neugierigen Augen in den hübschen kindlichen Gesichtern. Die Neuen waren vielseitig begabt: Sie konnten gut schwimmen, laufen, klettern und waren mit den Händen besonders geschickt.

Dazu waren sie sehr intelligent und lernten schnell. Alles das machte die anderen eifersüchtig.

Die Neuen versuchten, unauffällig zu bleiben. Sie wählten die späten Nachtstunden, um ihre Angelegenheiten zu erledigen. Doch selbst das wurde ihnen verübelt, obwohl sie sich ausgesprochen leise verhielten und von den Menschen überhaupt nur äußerst selten gesehen wurden. Mit Essen versorgten sie sich gerne aus den vielen Abfällen, die in großen Tonnen oder Plastiksäcken an den Häusern standen.

Mutter Ursula seufzte. Der Alte hatte seinen Kindern zwar von ihrer Herkunft und den Traditionen erzählt, doch wie sollte sie ihren Kleinen die Gründe dafür erklären, dass die anderen sie nicht mochten? Die Zwillinge würden bald merken, dass sie Außenseiter waren, aber wie könnte Ursula verhindern, dass die Kinder deswegen traurig und wütend wurden?

Tief in Gedanken folgte sie ihren Kindern nach unten zum Bach, an dem weiter abwärts die kleine Stadt lag. Uschi und Urs hatten sofort begonnen, im Wasser nach den Steinen zu greifen und neugierig darunter zu lugen.

Auch Ursula wusch sich aus alter Gewohnheit die Hände – genau genommen wusch sie sich die Vorderpfoten, sie konnte gar nicht anders, es lag ihr im Blut – sie war nun mal eine echte Waschbärin.

Jetzt war die Zeit der schönen langen Nächte, die allerdings auch viel kälter waren als im Sommer. Das war jedoch nicht Ursulas Problem, die silbergrauen Pelze schützten sie alle gut vor dem Frost und machten sie in der Nacht fast unsichtbar für neugierige Blicke. Ihre größte Sorge waren die Menschen, die in schnellen Autos unterwegs waren. Mit grell blendenden Lichtern kamen die Fahrzeuge unverhofft so schnell angerast, dass schon viele von ihrer Art gestorben waren, weil sie nicht schnell genug über eine Straße gerannt waren oder von einem Hund gejagt wurden und nicht auf herannahende Fahrzeuge gelauscht hatten.

Die Zwillinge wollten schnell weiter in den Ort, es war ihnen aufgefallen, dass viele der Häuser beleuchtet waren, das wollten sie sich aus der Nähe ansehen.
„Vergesst bloß nicht, auf die Autos zu achten!", ermahnte Ursula die beiden wohl schon zum hundertsten Mal.

Die beleuchteten Häuser kannte sie schon. Wenn die Nächte am längsten wurden, begannen die Menschen, ihre Wohnhäuser und Gärten zu schmücken mit weißen und bunten Lichterketten, mit Kerzenleuchtern, Sternen und Engeln, dazu kamen viele dicke rote Männer mit weißem Bart. Tierfiguren gab es ebenfalls. Besonders schienen die Menschen jetzt ein Tier aus Ursulas alter Heimat zu lieben: Elche waren vor Schlitten gespannt, meist saß der dicke rote Mann darauf und hatte einen Sack und Kisten dabei. Waschbären gab es nicht, höchstens mal Pinguine, Rehe, Hirsche oder Rentiere.

Die Kinder hatten sich weit in die kleine Stadt gewagt und Ursula beobachtete stolz ihre beiden Jüngsten, die vollkommen glücklich waren. Sie standen vor einem großen beleuchteten Fenster, ihre schwarzen Nasen berührten das kalte Glas. Wie verzaubert schauten sie auf die bunte Welt hinter der Scheibe: Eine kleine Eisenbahn rollte auf Schienen, Autos fuhren durch Miniaturlandschaften, Gruppen von niedlichen Bären saßen herum, – die jedoch breitere Gesichter als Uschi und Urs hatten – , ganz viele Bücher waren ausgestellt mit bunten Bildern darauf und an einer Leine waren quer durch das Fenster prächtige glitzernde Bilder

aufgehängt. Diese Bilder hatten kleine Türchen darin, einige waren aufgeklappt und in den Öffnungen waren wieder neue, andere Bilder. Dann sah Ursula, wie sich Uschis vorher so entzücktes süßes Gesichtchen veränderte.

„Alle sind sie da auf den bunten Bildern, ein Menschenbaby und alle anderen Tiere. Warum sind wir nicht dabei?"
Sie versuchte, ihre Tränen zu verstecken und schluckte mühsam. Ihr Bruder hatte das noch nicht bemerkt, weil ihn die Eisenbahn so interessierte. Ursula legte den beiden die Arme um die Schultern und drückte sie an sich.
„Es wird Zeit für uns, wie müssen gehen", sagte sie.

Schweigend und vorsichtig huschten sie den langen Hang hinauf. Kurz vor ihrem Dickicht am Hochwald stoppte Ursula, sie sah Licht an ihrem Wohnplatz. Die Kinder drängten sich ängstlich an sie, dann hörten sie den Alten von oben brummen: „Kommt her, ihr sollt auch einen Adventskalender haben!"

Die drei liefen weiter. Da lehnte ihr großer Vater an dem dicken Stamm der umgefallenen Kiefer, unter dem

ihr Schlafzimmer war. Neben ihm brannte eine Kerze in einem Gurkenglas. Doch das Schönste war ein buntes Bild, das er hinter dem Windlicht aufgestellt hatte, es hatte sogar Türchen zum Öffnen! Uschi und Urs fanden erst keine Worte vor Überraschung und Freude. Dann durften sie ein Türchen öffnen und waren verzaubert von dem Bild eines Teddys, das hinter der Tür erschien. Der brummige Alte schien fast ein wenig zu lächeln, Ursula und die Kinder strahlten vor Freude. Dann griff der Große hinter sich und legte einen Beutel mit Essen in die Mitte. Äpfel, Mandarinen, Katzenfutter, ein paar Kekse und ein halbes Brot hatte er mitgebracht. Der fröhliche Urs hüpfte vor Freude und griff sich ein Plätzchen, auch Uschi war wieder ganz und gar glücklich.

Ursula wollte wissen, wie der Alte diese schöne Überraschung zustande gebracht hatte.
„Die Menschen werfen doch immer ihre Sachen weg. Alles, was ich brauche, finde ich leicht in ihren großen gelben Plastiksäcken" brummelte er verächtlich.
Den Adventskalender hatte er schon im letzten Jahr eingesammelt und versteckt.
„Er ist eben ein besonders weiser Waschbär", dachte Ursula stolz.

Auch die Kinder bewunderten ihn, doch der Vater knurrte nur verlegen:
„Ich bin kein Weihnachtsmann. Ich komme nicht jedes Jahr wieder! Merkt euch das!"

Als der Alte vor dem spät anbrechenden Morgen gegangen und ihre Mutter zu ihnen gekommen war, kuschelten sich die Zwillinge warm an sie und schliefen glücklich weiter. Der optimistische Urs träumte von der Zukunft: Alle anderen Tiere und auch die Menschen hatten begriffen, dass die eingewanderten Waschbären nun zu ihnen gehörten. Auf allen Adventskalendern waren jetzt auch putzige Waschbären mit geschickten Pfötchen zu sehen.

Sie waren diejenigen, die nicht nur herumstanden und staunten, sondern sie packten die Päckchen, kauften und verkauften an den Marktbuden und auf den neuen Krippenbildern hielten sie Kerzen oder Laternen und sorgten für Licht im dunklen Stall. Das war auch gut so, denn das Baby im Futtertrog hatte natürlich keinen leuchtenden Kringel am Kopf!

Ruhe

Du hörst das Atmen kaum
von Busch und Baum
im Winter

In Ruhe liegt das Land
der Wald als Band
dahinter

Ein Schlaf umhüllt Natur
sie träumt jetzt nur
vom Leben

kann Trost trotz Dunkelheit
in dieser Zeit
uns geben

In der Zeit schwimmen

Es wird immer schwieriger für sie, die Bilder im Kopf einzuordnen und festzuhalten. Die Zeit verschiebt sich, gleitet ständig vor und zurück auf der Zeitschiene. Sie weiß, dass bald Weihnachten ist, aber das ist kein fixer Punkt, der sie hält. Es gibt keinen fixen Punkt mehr für Doris. Hilflos schwimmt sie in den Zeiten. Eben noch hat sie geweint und Schluchzen schüttelte sie, so groß war der Schmerz. Erbarmungslos hat er ihre Seele gewürgt und gewrungen, tat grauenhaft weh, presste auf die Lunge, nahm ihr den Atem. Der Zeitstrahl hatte angehalten, als Georg gestorben ist.

Sie befinden sich als einzige in einem nüchternen Warteraum mit vielen Plastikstühlen, eine große Angst zieht an ihr, macht sie bleischwer. Der Arzt kommt und empfiehlt Georg, seine Angelegenheiten zu regeln. Georg ist grau und gebeugt, sein Anzug ist ihm zu groß geworden. Zuhause im Arbeitszimmer hustet er endlos lange, Blut fließt aus seinem Mund. Doris stützt ihn, hält seinen kraftlosen Körper. Er stirbt in ihren Armen. Sie sitzt starr und betäubt mit ihm am Boden.

Die Zeit erbarmt sich, rauscht mit ihr weiter zurück in glückliche Zeiten. Doris versucht, diesen Lebensabschnitt festzuhalten. Sie geht neben Georg durch den parkartigen Garten, ihr großes Haus steht sicher mitten drin. Die Türen sind geöffnet, ihre Kinder haben Besuch und toben herum, die Hunde bellen aufgeregt.

„Aus, ruhig!", befiehlt Georg ihnen.

Er erzählt Doris von seinem neuen Projekt; sie bespricht gern mit ihm die nächsten Planungen. Als Georg sich bückt, um einen Stein in der Mauer am Teich zurechtzurücken, bricht das Bild zusammen.

Der Zeitstrahl fährt Doris in die Gegenwart und lässt sie auftauchen. Sie ist allein im Zimmer, schaut durch ein weihnachtlich geschmücktes Fenster über eine kleine Terrasse in einen anderen, verschneiten Garten. Der Hund, der neben ihr liegt, ist nicht mehr der schwarze Labrador, den Georg ihr gebracht hatte. Dieser Hund hat kurze Beine und ein helles Fell, auch das Zimmer und das Haus sind viel kleiner. Doris kann die Gartenhecke mit den gefrorenen Hagebutten schon von hier aus durch die Glastür sehen. Sie wendet ihr Gesicht Georg zu. In diesem Moment weiß sie, dass es nur sein Foto im

Silberrahmen ist, doch sie steht auf, arrangiert die Blumen neben seinem Bild neu. Leise sagt sie: „Ich werde dir neue besorgen. Diese sind ja schon welk."

Sie lächelt ihm zu, streicht über das Bild. Die Fotos der Kinder und Enkel sind so ausgerichtet, dass sie sich Georg zuwenden.

„Du bist immer da", flüstert sie, „wir lieben dich."

Für einige Tage steht die Zeit im Jetzt. Doris erledigt ihren Alltag, backt Plätzchen und formt Pralinen für das Weihnachtsfest mit der Familie. Nur nachts in ihren Träumen ist Georg bei ihr. Wenn eins der Kinder zu Besuch kommt, schafft Doris es, mit ihnen in der Gegenwart bleiben. Als der Sohn am zweiten Feiertag abgereist ist, gleitet sie wieder hin und her auf der Zeitschiene, alte und neue Bilder mischen sich, Schreckliches und Schönes.

Sie treten aus dem Standesamt, die Spätsommersonne lässt alle Farben im Park gereift strahlen. Die Freundinnen erwarten sie draußen, jubeln und gratulieren. Fast alle sind gekommen, denn sie ist die erste aus ihrer Abschlussklasse, die heiratet. Georg fasst ihre Hand, beugt sich zu ihr hinüber, küsst sie auf die

Lippen. Sie ist glücklich und verlegen zugleich. Gut gelaunt und optimistisch sind sie alle, freuen sich auf die Zukunft.

Der Zeitstrahl jagt vorwärts, die Zukunft ist schon vorbei. Vierzig Jahre später sitzt Doris nun allein vor der Terrassentür, schaut den hungrigen Vögeln im kleinen Garten zu. Sie beschließt, Vogelfutter nachzukaufen, denn der Schnee bedeckt die meisten Futterquellen. Doris hört das typische Tschack-Tschak einer Elster und wird wütend auf diese schwarzweißen Nesträuber.

Die Zeit schwimmt erneut, sie steht im Wintergarten an der Ostseite des großen Wohnzimmers. Von hier kann sie im Efeu der Wandnische zum Bücherzimmer das Amselnest sehen. Sie hört die Jungen piepsen und das angstvolle Warngeschrei der Vogeleltern, weil eine Elster nahe am Nest gelandet ist. Doris reißt die Glastür weit auf, beschimpft und verjagt den räuberischen Vogel.

Die Zeit schnellt mit Doris voran ins Jetzt. Aus diesem Abstand erinnert sie sich, dass Georg fast immer eine Lösung gefunden hat für die großen und kleinen Probleme in ihrem Leben. Wo immer er konnte, hat er

ihre Wege geebnet. Nun fühlt sie die beißende Leere körperlich, er fehlt ihr ganz entsetzlich. Sie zieht sich die Winterjacke an und fährt los, um Vogelfutter zu kaufen und frische Blumen für Georg. Wenn sie unterwegs ist, kann sie im Jetzt bleiben, doch sie hat Angst davor, dass auch draußen einmal die Zeit verrutschen könnte. Sie ermahnt sich, sehr aufpassen.

In der Sylvesternacht sitzt sie noch spät vor dem Fernsehgerät. Aus den Augenwinkeln bemerkt sie eine Bewegung im Türrahmen. Leise kommt Georg ins Zimmer, stützt sich erschöpft auf den Kirschenholztisch, schaut sie an. Tränen schießen in ihre Augen, er ist so zerbrechlich, löst sich immer wieder auf, wenn sie mit ihm sprechen möchte. Zwar ist sie glücklich, dass er wieder da ist, aber sie weiß genau, dass ihnen nur ganz kurze gemeinsame Momente bleiben. Die Not des Verlustes lauert bereits. Georgs Bild flutet auf und ebbt wieder zurück, auch ihr Schmerz wirft Wellen.

Die Zeit ist außer Kontrolle und rast zurück. Das Schreckliche wird akut und brennt in ihrem Kopf. Der Friedhof, auf dem sie sich befindet, liegt in einem düsterbraunen Licht, als wenn sich ein riesiges Dach darüber

spannen würde. Die Blumen sehen alle dunkel-orange aus, nur wenige leuchten gelb. Sie kann kein Blau, Weiß oder Rot erkennen. Es sind so viele Menschen hier, sie hat die Orientierung verloren, weiß nicht, zu welchem Grab sie gehen muss. Dann ist es Georg selber, der sich neben sie stellt. Er sagt kein Wort, führt sie schweigend vor ein Grab am breiten Hauptweg.

Als der Sarg herabgelassen wird, steht Georg einen halben Schritt links hinter ihr, genau da, wo auch ihr Sohn steht. Sie bricht nicht zusammen, Georg hält sie. Aber sie geht in die Hocke, als sie ihre Blumen auf den Sarg in der Grube wirft. Die Menschen um sie herum halten erschrocken den Atem an, der Priester ist plötzlich rechts von ihr und ihre Kinder stehen bereit, um sie zu stützen, aber sie steht alleine auf. Sie will ihre Kinder nicht beanspruchen, sie weiß, dass die an ihren eigenen Schmerzen leiden. Die Zeremonie geht weiter. Auf dem Heimweg geht Georg schweigend neben ihr.

Sie will nicht mehr in dieser Zeit sein und schafft es, weit zurück zu gleiten. Georg hält ihre kleine Tochter an der Hand, steht ganz nah am Rand der riesigen Klippe auf einer Insel im Nordmeer, schaut in die tosende

Brandung tief unten. Voller Angst und Sorge meint Doris zu spüren, wie sich ihr Magen im Leib verknotet. Angstvoll beschwört sie Georg, mit dem Kind von der Kante weg zu gehen. Die Tochter dreht sich zu ihr um, lacht, ihre dunkelbraunen Augen strahlen vor Aufregung.

„Was ist los, Omi?"
Die Enkelin schaut sie fragend aus den gleichen dunklen Augen an. Es sind Georgs Augen. Doris zuckt zusammen, kommt in die Gegenwart.
„Ach, gar nichts. Alles in Ordnung, Rachel, mir ist nur eben etwas eingefallen. Erzähl zu Ende, ich höre zu."

Sie konzentriert sich auf die Erlebnisse der Enkelin bei der Sylvesterparty, amüsiert sich mit ihr und stellt die richtigen Fragen. Danach nehmen sie den Schmuck vom Weihnachtsbaum, schneiden die Zweige klein und säubern gemeinsam das Wohnzimmer. Während die Enkeltochter mit dem Hund spazieren geht, deckt Doris den Abendbrottisch.

In der Nacht, nachdem sie die Enkeltochter nach Hause gebracht hat, ist Doris sehr müde, aber sie will

nicht schlafen. Sie fürchtet sich vor ihren Träumen, in denen der Zeitstrahl noch erbarmungsloser tobt. Und doch ist sie nun auf einem anderen Friedhof, den sie nicht kennt. Die Gräber hier sind sehr eng und es werden immer mehrere Verstorbene zusammengelegt. Trostlosigkeit, Verzweiflung und unpassende Hektik mischen sich an diesem Ort. Doris will die schaurige Atmosphäre nicht länger ertragen, wünscht sich, selber tot sein. Doch vorher muss sie noch Georg begraben.

Sie sucht einen Platz für ihn, kann aber keinen finden, denn alle Gräberfelder sind schrecklich überfüllt. Am großen Eingangstor befindet sich ein erhöhtes Ehrengrab. Verstohlen schaufelt sie mit bloßen Händen lockere Erde beiseite, füllt Georgs schlecht verbrannte Asche heimlich in die Mulde, dann streicht sie wieder den spärlichen Humus darüber. Sie leidet, macht sich heftige Vorwürfe.
„Zu wenig, viel zu flach, ich habe gar keinen Stein für ihn und es fehlen die Blumen!"

In dieser entsetzlichen Situation ist Georg plötzlich da, blickt sie an und lächelt in seiner etwas spöttischen Art, wie er es immer tut, wenn sie sich über unwichtige

Dinge sorgt.

„Komm schon, das reicht doch. Lass uns gehen", sagt er zu ihr.

Dankbar schaut sie ihn an. Sie ist wieder glücklich, nimmt Georgs Hand und geht mit ihm.

Sturmwinds Orakel

Aus der Weihnachtsstube hinaus lief ich an nackten Feldern entlang,
aber mein Hund blieb stehen, schnüffelt neugierig am Hang.
Da zog ich meine Jacke noch fester zu.
Allein waren wir dort, doch es war keine Ruh',
denn ein Sturm toste um uns den Berg hinauf,
kahler Wald hinter mir bremste nicht seinen Lauf.

Ich sah das Tageslicht schwinden und weil ich lauschte,
verstand ich die Worte, die der Sturm zu mir brauste.
Er sagte: „Ein eisiger Winter wird bald kommen."
Ich glaubte dem Sturm, hab' ihn deutlich vernommen.

Weihnachten zum Fürchten

Er hatte Konkurs anmelden müssen. Die gewohnten Einnahmen waren komplett weggebrochen, was nach außen noch wie der Wohnsitz einer wohlhabenden Familie wirkte, versteckte Existenznot und Sorgen, die ihn nicht mehr schlafen ließen. Uwe machte sich schwere Vorwürfe, das Angebot des Geschäftsführerpostens vor zwei Jahren nicht kritischer geprüft zu haben. Das trübe Dezemberwetter vor den Fenstern tat nichts dazu, seine Stimmung aufzubessern. Seine Frau Ella hatte ihm mit rot verweinten Augen den Brief der Bank hingehalten.

„Wie sollen wir mit den Kindern jetzt Weihnachten feiern? Ich kann keine Geschenke kaufen, dein letzter Gehaltscheck ist wieder nicht eingelöst worden!"

Immer war er der Macher gewesen, derjenige, der alle Probleme lösen konnte, doch nun spürte er, wie eine tödliche Lähmung Besitz von ihm ergreifen wollte. Er sah keine Lösung mehr, bereute bitter, sich mit dem Kauf dieser Villa in einem herrschaftlichen Park zu sehr in die Hände der Bank begeben zu haben. Hätte er nur das alte, kleine Haus behalten und hätte er bloß nicht darauf

gebaut, regelmäßig dieses üppige Gehalt zu bekommen. Wären sie im alten Haus geblieben, hätten sie sich ein großes Polster ansparen können. Ja, hätten …!

In seiner verzweifelten Ratlosigkeit ging er hinunter in den Heizungskeller, stellte den Heizbetrieb für das große, weihnachtlich geschmückte Gebäude ab. Dann rief er mit vorgetäuschter Fröhlichkeit seinen zehnjährigen Sohn.
„Kai, ich gehe raus und mache Brennholz für den Kaminofen! Hilfst du mir?"

Kai genoss es immer, zusammen mit dem Vater etwas zu unternehmen, schließlich hatte der nicht oft Zeit für ihn, darum beendete er jetzt ohne Protest sein Computerspiel. Ella bestand darauf, dass Kai seine alten Hosen und die abgelegte Jacke anzog, dann verschwanden Vater und Sohn mit Arbeitshandschuhen, Motorsäge und Axt ausgerüstet im eigenen Wald hinter dem Haus.

Ella hörte die Säge kreischen und hoffte, dass Uwe daran denken würde, auch eine kleine Fichte als Weihnachtsbaum abzusägen. Die Hunde waren mit Kai

in den Wald gelaufen, sie vernahm das übermütige Bellen von unten am Bach. Sie war allein mit ihren Gedanken und Sorgen in dem großen Haus. Seufzend setzte sie sich in den alten Ledersessel im Bücherzimmer, schaute auf den winterlich leeren Pool und die entlaubten Bäume weiter hinten. Lange saß sie sie regungslos, dann zwang sie sich, aufzustehen, ging in die Küche, bereitete Tee und füllte Kekse in eine Silberschale.

Der Blick aus dem Küchenfenster in den vorderen Garten zeigte ihr eine gepflegte Idylle. Hinten rechts leuchtete ein hölzerner weißer Pavillon vor der Silhouette einer hohen Lärchengruppe, vom schmiedeeisernen Tor in der Hecke zur Straße zog sich die geschwungene Kiesauffahrt bis vor das große Haus, etwas links stand die riesige Solitär-Tanne mit den Lichterketten darin, davor die Sitzgruppe mit dem geräumigen Tisch, an dem sie oft in großer Runde fröhlich gefeiert hatten. Die Blumen in den Beeten waren abgeblüht und gaben den Blick frei auf die hübschen Umfassungen aus rotem Sandstein, passend zur breiten Eingangstreppe und der Terrasse auf der Südwestseite des Hauses. Das Licht schien ungewöhnlich schnell zu schwinden, Ella schaute zum Himmel und merkte, dass

sich bleigraue Schneewolken aus dem Westen herangeschoben hatten. Verzweiflung kroch in ihre Seele, sie würde Abschied nehmen müssen von diesem geliebten Zuhause.

Kai war sehr aufgeregt, als der Ahornbaum laut krachend zwischen die anderen Bäume fiel und begann begeistert, die Äste mit der Axt abzuschlagen.
„Komm, diese Fichte nehmen wir auch noch", rief Uwe ihm zu und zeigte dem Jungen noch einmal, wie mit schrägen Schnitten in den Stamm die Richtung des Sturzes zu bestimmen war.

Sie zerteilten Stämme und Astwerk, der Lärm der Kettensäge füllte den Wald und schützte Uwe vor vielen Fragen seines kleinen Sohnes. Bis zum Einbruch der Dunkelheit füllten sie den Holzschuppen am Kellereingang auf.
„Die Heizung wird nicht richtig warm", klagte Ella, als Uwe mit Kai zurück im Haus war.
„Deswegen mache ich jetzt doch den Ofen an. Warte noch mit dem Tee", erklärte Uwe und setzte hinzu, um Ellas Sorgen zu beschwichtigen, „ich stelle die Heizung nachher wieder an."

Später betrachteten sie das prasselnde Feuer hinter den Scheiben des Kamins.

„Meinst du, es hat Sinn, noch vor den Feiertagen einen Makler zu beauftragen?", fragte Ella plötzlich. Uwe tat, als hätte er ihre Frage nicht gehört, schaute Ella vorwurfsvoll an und zeigte mit seinem Blick auf Kai. Sie biss sich auf die Lippen, unterdrückte eine Bemerkung und dachte: „Er wird es ja doch bald erfahren müssen." Laut sagte sie: „Warum ist Anne noch nicht zurück? Hat sie nicht gesagt, sie wollte vor dem Abendessen wieder da sein?"

Die große Tochter war schon seit dem Vormittag zu einem Treffen der Jahrgangsstufe ihrer Schule unterwegs. Angeblich waren sie dabei, ihre Abiturfeier im Frühjahr zu planen, doch Ella glaubte, dass Anne möglichst oft vor der düsteren Stimmung zuhause flüchtete. Das Mädchen hatte längst mitbekommen, welches Unheil sich zuhause zusammenbraute. Im Sommer hatte Anne ihren Führerschein gemacht und bestimmt wollte sie die Zeit ausnutzen, solange sich die Familie noch zwei Autos leistete. Ella beschloss insgeheim, schon Montag ihren Wagen dem Händler anzubieten, doch dann fiel ihr ein,

dass nächste Woche bereits Heiligabend wäre. Egal, sie würde es probieren.

Während sie über ihre Tochter nachdachte, hatte sie nur mit halber Aufmerksamkeit zugehört, wie Kai seinem Vater enthusiastisch beschrieb, welche technischen Bedingungen der neue Laptop erfüllen müsse, den er sich so sehr zu Weihnachten wünschte. Ella war ratlos, wie sie diesen großen Wunsch erfüllen sollte, schließlich musste sie das wenige Geld auf dem Konto sehr sorgfältig einteilen für die unvermeidlichen Haushaltskosten. Tränen schossen ihr in die Augen, sie wandte sich ab und trug das Geschirr in die Küche zurück.

Anne hatte sie nicht erklären müssen, wie es um die Familie stand und die Tochter wünschte sich daher nur einen Schal und ein Buch zu Weihnachten. Warum konnte Uwe dem Sohn nicht klarmachen, dass sein Wunsch dieses Jahr nicht zu erfüllen sein würde?

Nachdem Kai wieder in seinem Zimmer verschwunden und in sein Computerspiel eingetaucht war, versuchte Ella, mit Uwe über die Zukunft zu

sprechen, doch er reagierte unwirsch.

„Ich weiß doch selber, was los ist. Ich werde mich darum kümmern. Gib mir Zeit und lass uns Weihnachten feiern. Erst wenn die Feiertage vorbei sind, kann ich etwas tun."

„Aber wir müssen das Haus schnell verkaufen – und was machen wir mit Kais Geschenk?", drängte sie.

Uwe wanderte langsam im Zimmer hin und her. Wie gut sie das kannte! Das tat er immer, wenn er Probleme wälzte.

„Dann kriegt er eben meinen Laptop, oder ich besorge einen gebrauchten und er bekommt einen Gutschein dazu."

Wie typisch für Uwe, dachte Ella, nie konnte er Nein sagen, verschob Unangenehmes in die Zukunft und setzte darauf, rechtzeitig eine Lösung zu finden. Irgendwie hatte er das bisher immer geschafft, doch der gegenwärtige Berg von Schwierigkeiten würde auch seine Fähigkeiten übersteigen, davon war sie überzeugt.

Uwe war ins Bücherzimmer gegangen, von dort hörte sie ihn krampfhaft und schier endlos husten. Ella überlegte, siedend heiß fiel ihr ein, wie oft sie ihn in letzter Zeit husten gehört hatte. Sie ging hinüber, schaltete die

Deckenlampe an, betrachtete ihren Mann genau. Er saß erschöpft im Sessel, und sie bemerkte plötzlich, wie stark er abgenommen hatte in den letzten Wochen, er sah grau und krank aus. Das war nicht nur Müdigkeit von der Waldarbeit!

Sie beugte sich zu ihm, nahm ihn in den Arm.
„Komm ich fahre mit dir zum Notarzt, du musst etwas tun ...", sagte sie.
Uwe schaute sie traurig an, seine Augen glänzten feucht.
„Es ist zu spät, es tut mir so leid ...", antwortete er leise.
Er stemmte sich hoch, legte die Hände auf ihre Schultern und küsste sie vorsichtig. Mehr als den Kuss spürte Ella, wie sich eine kalte Eisenfaust um ihr Herz legte und ihr den Atem nahm. Angst, grauenhafte Angst stieg in ihr auf. Sie würde nicht nur das Haus verlieren.

Winter: Für und Wider

Schneegeglitzer – Augen blenden

Marzipan und Schokolade – Hosenbunde werden eng

Lichterschmuck in Haus und Gärten – die Stromrechnung steigt ungemein

Weihnachtsmärkte schön mit Glühwein – wacklig wird der frohe Schritt

Eiskristall wie Diamanten – Autoreifen rutschen weg

Frost umpelzt die kahlen Zweige – Vögel schauen hungrig aus

Kälte draußen klärt die Luft - Heizungskosten schrecken uns

Kinder können Schneemann bauen – Hände werden kalt und nass

Schlittenfahren macht viel Freude – doch zurück bergauf ist schwer

Weiß verzaubert jede Landschaft – doch Tiere haben schwere Zeit

Köstlich schmecken Weihnachtsplätzchen – doch wer räumt die Küche auf?

Himmlisch klingen Chor und Geigen - wär' die Kirchenbank bloß weicher

Schneefall bleibt so herrlich leise – doch Schneeschieben kratzt sehr laut
Und mittendrin auch Weihnachten - Kaufrausch, Hektik und viel Arbeit
Mit Freude wird das Fest erwartet – doch abends ist man früh schon müde
So ist der Winter wie das Leben – alles hat zwei Seiten eben.

Bilanz zum Jahresende

Ach, was soll's. Sie wird es auch diesmal tun. Dreiundsechzig mal hat sie bereits Weihnachten gefeiert und war schon vierundvierzig Mal dafür zuständig gewesen, dass dieses Fest so ablief, wie es alle erwarteten. Zum Advent wurde das Haus geschmückt, in der letzten Adventswoche die Krippe aufgestellt - eine kostbare Töpferarbeit der Tochter -, in der Zeit dazwischen waren Geschenke zu verpacken und Kekse und Pralinen herzustellen. Der Weihnachtsbaum war dem Heiligen Abend vorbehalten.

Seit ihr jüngster Sohn, - ein Nachkömmling -, erwachsen ist, hat sie ab November manchmal daran gedacht, den Höhepunkt der Weihnachtszeit, den Heiligen Abend, einfach auszulassen. Sie stellt sich vor, allein in einem verschneiten Bergdorf, vielleicht in Österreich, die Weihnachtstage zu verbringen. Sie träumt von einer Pferdeschlittenfahrt, heißem Punsch, Spaziergängen mit dem Hund durch unberührte Schneelandschaften und viel Zeit zum Lesen. Ein freundliches Gasthaus mit guter Speisekarte würde ihr Quartier sein.

Dann wieder zweifelt sie an dem Plan und stellt sich vor, welche Schwierigkeiten der Hund mit seinen kurzen Beinen im tiefen Schnee hätte oder wie andere Gäste den Tisch nahe am Kamin in der Gaststube besetzen und gemeinsam Weihnachten feiern. Sie würden gute Laune und Lärm verbreiten und sie würde sich in ihr einsames Zimmer zurückziehen, nur den Fernseher einschalten, um Verbindung zur Welt zu halten. Heiligabend haben sie nie ferngesehen, sie weiß überhaupt nicht, wie das Programm an diesem Abend ist. Zumindest bei den öffentlichen Sendern, die sie schaut, wären die Sendungen bestimmt den Bedürfnissen alter, einsamer Menschen angepasst. So würde wenigstens das Programm zu ihr passen, falls sie den Mehrheitsgeschmack teilt, doch auch daran zweifelt sie.

Einen Zimmerservice hätte das österreichische Gasthaus bestimmt nicht und für ein Getränk müsste sie wieder hinuntergehen in die festlich geschmückte Gaststube zu fremden Menschen, die mit zu viel Alkohol zu fröhlich feiern. Sie würde sich ausgeschlossen fühlen, noch einmal mit dem Hund hinausgehen, heiß duschen und sich im Zimmer auf dem Bett ausstrecken. Dann würde sich die Verzweiflung zu ihr legen, sie in das tiefe

schwarze Loch drücken. Sie würde keinen Widerstand leisten können. Ob sie wohl daran gedacht hätte, die gesammelten Medikamente in den Koffer zu packen? Und falls ja, würde sie nun endgültig Schluss machen, um die Seelenschmerzen niemals mehr zu spüren? Diese Vorstellung ist ziehend verführerisch. Sie wäre fein heraus, aber was wäre mit den anderen?

Das finge doch schon mit dem Hund an: Wann würde der merken, dass sie tot ist und was würde das für ihn bedeuten? Er musste doch zum Morgenspaziergang raus, Fressen und Trinken bekommen. Würde die Versicherungssumme ausreichen für den Heimtransport ihrer Leiche oder müsste sie in dem fremden Ort bestattet werden? Besonders nett wäre eine derartige Weihnachtsüberraschung mit Leichenwagen für die anderen Hotelgäste ja nicht. Ganz abgesehen von den Leuten zuhause.

Das ist der heikelste Punkt. Nicht nur für den Hund ist sie verantwortlich, sondern auch für ihre hoch betagten Eltern. Ihre Geschwister sehen es als selbstverständlich an, dass sie sich darum kümmert. Die Schwester lebt auf einem anderen Kontinent und fühlt

sich in keiner Weise verantwortlich. Sie unterstützt trotz ihres Millionenvermögens die Eltern kein bisschen.

Bei diesem Gedanken spürt sie eine kleine, sorgfältig verborgene Wut auf die Eltern, weil die bei den äußerst seltenen Besuchen ihrer Schwester jedes Mal so dankbar und begeistert über das Treffen sind. Ein paar Stunden ihrer Zeit opfert diese Tochter ihnen alle zwei Jahre, ehe sie zu fröhlicheren Zielen aufbricht. Wenn die Eltern auf diese Tochter angewiesen wären, würden sie sich schnellstens im Altersheim wiederfinden. Auch von Bruder und Schwägerin könnten die Eltern nur das Altersheim erwarten, wenn sie nicht mehr da wäre, um die Alten zu pflegen. In einem Heim wollen Mutter und Vater aber nicht leben.

Ihre Freundinnen würden sich vorwerfen, nicht aufmerksam genug gewesen zu sein. Mit ihrem Abgang würde sie deren Gewissen belasten, auch das wäre unfair. Aber noch viel wichtiger sind die eigenen Kinder und die Enkelkinder. Diese würden sich zwar um die Ur-Großeltern kümmern, solange sie selbst in ihrem verschneiten Bergdorf wäre, aber alle würden davon ausgehen, dass sie gut gelaunt zurückkäme.

Drei Enkelkinder hat sie von ihrer Tochter. Der älteste dürfte wahrscheinlich mit seinen sechzehn Jahren ganz gut ohne sie auskommen, obwohl - in den Ferien besucht er sie ja immer noch gern. Die jüngeren Enkeltöchter würden vermutlich entsetzt sein, wenn sie erführen, dass die Oma freiwillig ausgestiegen ist aus dem Abenteuer Leben. Hat sie den Mädchen nicht immer wieder erzählt, wie viele Möglichkeiten ihnen das Leben bieten kann? Diese Kinder sind so vielversprechend. Eigentlich würde sie noch gerne sehen, was aus ihnen wird und vielleicht sogar Urenkel erleben.

Allerdings wäre auch das Risiko hoch, Enttäuschungen aushalten zu müssen. So, wie bei der Tochter, die ihre vielen Talente nicht nutzt, sondern nur noch Heimchen am Herd spielt. Zugegeben, die Tochter ist sehr fleißig, sie gärtnert, malt, kocht und backt in höchster Qualität. Die Kinder fördert sie bewundernswert und hofft sicherlich, dass ihnen der große Erfolg im Leben beschieden sein wird.

Ihr fällt auf, dass auch ihre Tochter sich bemüht, der folgenden Generation alle Chancen zu bieten, genau, wie sie selber es damals für ihre Kinder getan hat. Sie

hatte die Tochter immer wieder aufgefordert, alle jene Möglichkeiten für sich zu nutzen, die moderne Frauen heute haben, anders als zu jener Zeit, als sie selbst noch junge Mutter war. Für die heutigen Möglichkeiten hatte sie zusammen mit vielen anderen Frauen damals erst kämpfen und sich als Emanze verspotten lassen müssen. Sie hatte gearbeitet, als ihr Mann studierte und kaum war er mit dem Studium fertig, beschwerte sich die Schwiegermutter, dass sie trotz des Kindes noch berufstätig war.

Nun ist sie selber insgeheim unzufrieden mit der Tochter, weil diese ihre Fähigkeiten nicht beruflich einsetzt. Sie muss unbedingt darauf achten, nicht alle geplatzten Hoffnungen auf die Enkel zu projizieren und vielleicht wieder enttäuscht zu werden.

Dann ist da noch ihr jüngerer Sohn, ihn hatte sie nicht immer verschonen können, doch er ist ehrgeizig und schon früh erfolgreich geworden. Dieser Sohn hat sie bereits als Baby überrascht mit einem Einfühlungsvermögen, das ein kleines Kind einfach nicht haben dürfte. Immer hatte er gespürt, wenn es ihr schlecht ging. Hatte sich bemüht, sie bei guter Stimmung und von dem

schwarzen Loch der Verzweiflung fern zu halten, wenn ihr Mann unterwegs war und ihre Angst um ihn schreckliche Bilder von Unfällen und Katastrophen heraufbeschwor.

Und als ihr Mann so früh starb, hat sie es nicht geschafft, den Sohn daran zu hindern, Verantwortung und Aufgaben seines gestorbenen Vaters zu übernehmen. Sie wusste damals schon, dass diese Last für einen Sechzehnjährigen zu schwer ist. Doch er wollte stark für seine Mutter sein, die vom Schmerz völlig überwältigt war. Auf Reisen ist er ihr Beschützer gewesen, der Aufpasser, der sich zurechtfand und auf sie achtete. Zuhause übernahm er Arbeiten, die ihr Mann früher erledigte und hat versucht zu helfen, so gut er konnte.

Zum Glück hat er längst sein eigenes Leben aufgebaut, aber es wäre unendlich lieblos, ihn mit ihrem Freitod zu konfrontieren. Von ihrem Ende will er nie etwas hören. Das Thema Tod ist ihm unerträglich, kein Wunder.

Es war ganz schnell gegangen, nur wenige Wochen blieben ihrem Mann nach der tödlichen Diagnose. Sie hatte es nicht wahrhaben wollen, hatte jeden Gedanken abgewehrt, ohne den geliebten Mann leben zu müssen. Doch dann musste sie ohne ihn weiterleben. Sie lernte, den Seelenschmerz hinter einer sachlichen Maske zu verstecken und die Familie zu schonen.

Beim ersten Weihnachtsfest ohne ihren Mann haben die Enkelkinder mit ihrer Freude über das geschmückte Zimmer, den Baum und die Geschenke ihre trüben Gedanken in Schach gehalten. Die eingeübten Gewohnheiten hatten sie schützend eingehüllt. Auch in den folgenden Jahren wurden die alten Rituale beibehalten, ergänzt um das Musizieren und Singen der Enkelkinder. Inzwischen scheint es, dass eins der Mädchen richtig begabt ist mit ihrer Viola.

Sie will dieses Jahr eigentlich keine Plätzchen backen, denn die von der Tochter sind ohnehin viel besser, aber dann probiert sie doch ein Rezept mit Bananen aus, weil der Sohn schon Mitte des Monats kommt. Die alljährliche Diskussion des Weihnachtsessens geschieht ab Ende November. Dieses Jahr hat sie die

Familie erstaunt, weil sie es rigoros ablehnt, schon wieder einen gebratenen Vogel zu essen. Sie mag weder Gans noch Pute und alle wissen, dass auch ihr alter Vater kein Geflügel mag. Ebenso wenig wie Lamm, das auch ihr nicht schmeckt. Schweinefleisch kommt für die Familie der Tochter nicht in Frage. Doch sie werden die Herausforderung des gemeinsamen Festessens irgendwie lösen, auch wenn keine Sahne in die Soße darf, denn das wäre nicht koscher.

Sie überlegt bereits, ob sie den Weihnachtsbaum rücksichtslos bunt oder dezent einfarbig schmückt. Was aber bestimmt fehlen wird, ist ein verrücktes einzelnes Teil im Baum, eine verbogene Gabel vielleicht oder eine Spülbürste, irgendein skurriles Teil, das ihr Mann immer heimlich in das Grün geschmuggelt hat. Das jedoch ist seit vierzehn Jahren vorbei.

Schneewanderung

Unter grauem Himmel sind wir losgezogen,
denn oben am Berg lockt der Schnee blendend weiß.
Graue Straßen und Häuser haben nun wir verlassen
und wandern zum Licht, das der Schnee uns verspricht.
Was im Sommer so grün lag, sind nun weiße Flächen,
gebrochen von Linien aus Hecken und Wald -
dort suchen Vögel nach ihrem täglichen Mahl.

Einsame Bäume starren schweigend ins Land,
schlafen lautlos, ergeben sich Winter und Sturm.
Auch wir ziehen schweigend, nur der Schnee ist zu hören,
er knarrt unter unserem schweren Tritt,
wenn neue Pfade wir zeichnen ins ruhende Land.

Der Himmel überm Berg klart langsam auf,
Blau zeigt sich und Sonnenstrahlen treffen Schnee.
Ein Meer aus Diamanten steigt um uns herauf
überwältigt die Augen mit blendendem Funkeln.
Der Blick zurück zeigt unten unser Dorf,
wie es weihnachtlich badet in Gold und Silber.

Weihnacht im schottischen Hochland

Nur an den schroffen Felswänden, die auf der Ostseite des Loch steil wieder zum Highland aufstiegen, zeigte sich das dunkle Gestein der Berge seiner Heimat. Die vormals grünen Flächen, die seine Schafe ernährten, waren in diesem Jahr schon seit Anfang Dezember vollständig von Schnee zugedeckt.

Heute hatte Adair Mc Gregor seine Tiere an den See geführt, dort scharrten sie am Ufer nach Gras unter der weißen Decke. Er zog sein braunes Plaid fester um die Schultern und stieg den Hügel zu seiner Rechten hinauf. Sein alter Hirtenhund Kinner folgte ihm, schaute aber immer wieder zur kleinen Herde zurück, als wolle er sich vergewissern, dass alles in Ordnung sei. Die Schafe hatten im vergangenen Sommer viele Lämmer verloren und waren noch immer geschwächt von den unruhigen Monaten, die hinter ihnen lagen. Wieder war ein Krieg über ihr Weideland gezogen. Adair Mc Gregor war froh, dass die kalte Jahreszeit und der Schnee in diesem Jahr die blutigen Kämpfe früh beendet hatten.

Als er vom Hügelkamm nach Westen hinunter zum Dorf schaute, sah der Alte den dunklen Rauch der Torffeuer aus den Kaminen der kleinen Häuser steigen. Manche Hütten jedoch lagen kalt und dunkel in der beginnenden Dämmerung. Die letzten Schlachten der Highlander gegen den englischen König hatten bittere Opfer gekostet und viele der jungen Männer waren nicht mehr heimgekehrt. Auch sein ältester und der jüngste seiner Söhne waren nicht zurückgekommen.

Uallach, seine Frau, hatte sich drei Wochen lang tief in ihrer Trauer vergraben, nachdem die schlimme Nachricht bekannt geworden war. Sie hatte nur auf dem Bett gelegen und kein Wort gesprochen. Eines Morgens jedoch war sie vom Lager aufgestanden, hatte die Stuben gefegt, die Tiere der Herde gezählt und war zum Wäschewaschen hinunter zum Bach gegangen. Das Leben ging weiter und heute konnte Adair Mc Gregor mit Stolz sehen, wie aus dem Kamin seines Heimes die Rauchwolken stiegen und ein Kerzenlicht schwach durch das kleine Stubenfenster hinausschimmerte.

Uallach war eine tapfere Frau, sie hatte ihr Schicksal angenommen, so wie alle schottischen Mütter vor ihr, die

hilflos den Kriegen zwischen den Clanchefs, dem Adel und den Königshäusern ausgesetzt waren und ihre Söhne als Blutzoll für die Herren opfern mussten.

Adair wusste, dass Uallach heute, am Vorabend des Weihnachtsfestes, damit beschäftigt war, das Festmahl vorzubereiten und Bannocks mit Haferflocken zu backen. Den traditionellen schottischen Christmas-Pudding aus Mehl, Lammfett und getrockneten Früchten hatte sie schon am ersten Advent in dem speziellen Tuch gekocht und anschließend mit Adairs Whisky getränkt. Uallach hielt sich nicht an das offizielle Verbot der alten Weihnachtstraditionen, ebenso wenig, wie die Nachbarn auf die überlieferten Bräuche verzichteten.

Mc Gregor wandte sich um, dabei wich er den schwarzen Ginsterzweigen aus, die ihre knotigen Arme starr hochreckten und stapfte durch den trocken knirschenden Schnee hinüber zu Kinner, der die Herde im Auge behalten hatte. Er vergewisserte sich immer wieder, dass noch alle Tiere unten am See waren. Adair Mc Gregor strich dem treuen Gefährten über den Kopf, dabei seufzte er schwer. In seiner schönen Heimat

wechselten die jeweils Herrschenden gar zu schnell und ein neuer König hatte die Schotten zwingen wollen, ihre Religion zu verändern. Doch die Bewohner der Highlands waren stur, sie ließen sich nicht einfach ihre Traditionen und Überzeugungen verbieten, selbst wenn es gefährlich war, die Befehle der Obrigkeiten nicht zu befolgen. Die alten Ordnungen und Bräuche gaben den Menschen des Hochlandes Halt in einer unsicheren Welt und stärkten ihr Gefühl des Zusammengehörens, das in diesem rauen Land oft lebenswichtig war.

Als junger Mann war Adair Mc Gregor für die Herren noch begeistert in manche Schlacht gezogen, doch nun verfluchte er diese ständigen Kriege und sehnte sich nach Frieden. Längst hatte Adair erkannt, dass alle Kriege nur zu noch mehr Leid und Not in den einfachen Familien führten. Im letzten Frühjahr hatte er den Herrschenden nun auch noch seine Söhne hergeben müssen. Tief bohrten Kummer und Verzweiflung über ihren unnötigen Tod in ihm.

Zuhause im Dorf verbarg Mc Gregor seine Trauer, aber weil ihn hier oben nur sein Hund Kinner hören und sehen konnte, seufzte er laut hörbar in seiner Qual.

Wehmütig sah er hinüber zu den Bergen auf der anderen Seite des Loch. Dort hinter den Cairns war das Leben der tapferen Söhne zu früh beendet worden.

Die Dunkelheit fiel schnell über das Land, aber ein fast runder Mond stieg über dem Hochland auf und erzeugte schwaches Licht über den Schneeflächen. Adair Mc Gregor dachte an seine anderen Kinder. Deirdre, die einzige Tochter, hatte schon vor zwei Jahren eine Stellung in einem vornehmen Haushalt in Edinburgh gefunden und der junge Richard aus dem Herrenhaus hatte vor einigen Tagen Nachricht gebracht, dass die Tochter dort einen braven Fuhrmann gefunden hatte. Sie würden wohl schon im Januar heiraten.

Trotz seines Kummers war Mc Gregor stolz auf seine Frauen. Das Schicksal hatte ihm eine ehrgeizige Tochter und eine fleißige Frau beschert. Auch sein Zweitältester, der kräftige Loarn, machte ihm Freude. In Inverness war er ein guter Schmied geworden und hatte schon zwei kleine Buben mit seiner hübschen Frau Mary. Sie würden morgen nach der Frühmesse zu Besuch kommen und wollten bis Little Christmas, dem Neujahrstag, bleiben.

Adair freute sich auf das gemeinsame Festmahl und die Zeit mit ihnen.

Er pfiff Kinner und schickte ihn los, die Schafherde zu holen. Der Schnee stäubte auf, als der Hund eifrig losrannte. Die Tiere kannten den Weg nach Hause und drängten zum Stall. Mc Gregor folgte den Schafen und schloss sorgfältig die niedrige Tür hinter ihnen, denn manchmal tauchten nachts Wölfe im Dorf auf.

In der Stube hatte Uallach Brot und Caboc-Käse für ihn zurechtgestellt. Das Kaminfeuer loderte kräftig und durfte bis zum übernächsten Tag nicht erlöschen, um bösartige Elfen fernzuhalten. Auch an die Mistelzeige über der Tür hatte seine Frau gedacht. Diese Zweige schützten gegen böse Geister. Adair schaute zu Uallach hinüber. Sie stand am Tisch beim Kamin und rührte den Teig an für die Crumpets, jene leckeren Pfannkuchen, die sie morgen früh essen wollten, sobald sie von der weihnachtlichen Frühmesse zurückkamen. Loarn und seine Familie würden nicht vor dem Mittag eintreffen.

Jetzt lächelte Uallach ihn an und Adair meinte zu spüren, dass auch Deirdre im fernen Edinburgh an ihr

Elternhaus dachte. Er stand auf und nahm seine Frau etwas unbeholfen in den Arm. Alles konnte noch gut werden. Loarn und Deirdre würden das Leben weitertragen in eine glückliche Zukunft. Wie ein Gebet aus tiefstem Herzen wünschte sich Adair Mc Gregor, dass die Enkel in Frieden aufwachsen könnten.

Es war warm im kleinen Haus und eine friedliche Stille lag über dem Dorf.

Die Autorin:

Viel erleben und darüber schreiben - das war und ist mir wichtig im Leben. Ich liebe das Reisen, sammle liebend gern neue Erfahrungen, führe Gespräche mit vielen Menschen und kann gut zuhören - daraus entstehen vieler meiner Geschichten.

Aufgewachsen bin ich in einer westfälischen Kreisstadt in der spießigen, oft verlogenen Atmosphäre der Nachkriegszeit. Schon ganz früh habe ich mich danach gesehnt, in die weite Welt hinausgehen zu können und die meisten meiner Träume konnte ich auch verwirklichen. So habe ich mit der Familie an vielen Orten und in mehreren Ländern gelebt. Studiert habe ich Landespflege und Englisch, zusätzlich eine Ausbildung als Touristikkauffrau gemacht.
Zwei Kinder und ein wunderbarer Ehemann haben mein Leben stark geprägt, aber auch der viel zu frühe Verlust meines Mannes.

Aber nun bin ich wieder neugierig auf die bunte Welt um mich herum, interessiere mich für meine Mitmenschen, für Gesellschaftspolitik und liebe die Vielfalt der Natur - und meinen Hund.